HENRY JAMES

Überfahrt mit Dame

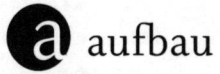

aufbau

Henry James, 1890

HENRY JAMES

Überfahrt mit Dame

Eine Salonerzählung

Aus dem Englischen übersetzt
und herausgegeben
von Alexander Pechmann

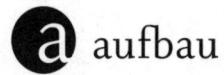 aufbau

Der Originaltext mit dem Titel
The Patagonia
erschien im Band XVIII
der New York Edition of Henry James, 1909

Mit 3 Abbildungen und einer Karte

ISBN 978-3-351-03529-7

Aufbau ist eine Marke der Aufbau Verlag GmbH & Co. KG

1. Auflage 2013
© Aufbau Verlag GmbH & Co. KG, Berlin 2013
Vorsatzkarte © Laura Holdack
Einbandgestaltung hißmann, heilmann, Hamburg
Satz LVD GmbH, Berlin
Druck und Binden Kösel, Krugzell
Printed in Germany

www.aufbau-verlag.de

Kapitel I

Die Häuser ragten dunkel in die Augustnacht, und der Anblick der Beacon Street mit ihrer Doppelreihe Straßenlaternen glich einer perspektivisch verkürzten Wüste. Nur von der halbrunden Fassade des Clubhauses auf dem Hügel fiel ein Lichtschimmer auf die dunkle Unbestimmtheit des Stadtparks, und als ich vorüberging, hörte ich das Klicken zweier Billardkugeln in der heißen Stille. Da alle Welt verreist war, entweihten womöglich die Diener, die nun über verschwenderisch viel freie Zeit verfügten, die Spieltische. Die Hitze war unerträglich, und ich dachte freudig an den nächsten Tag, an das Deck des Dampfschiffs, die belebende Brise, das Gefühl, in See zu stechen. Mir gefiel sogar, was ich am Nachmittag im Büro der Schifffahrtsgesellschaft erfahren hatte – dass der Dampfer, auf dem ich meine Überfahrt gebucht hatte, in letzter Minute durch einen anderen einer geringeren Geschwindigkeitsklasse ersetzt worden war. Amerika glühte, in England war es wohl nicht weniger schwül, und eine langsame Passage (die in dieser Jahreszeit eine schöne zu werden versprach) garantierte zehn bis zwölf Tage frische Luft.

Ich schlenderte den Hügel hinab, ohne einer Menschenseele zu begegnen, obwohl ich durch den Zaun des Stadtparks erkennen konnte, dass dieses Erholungsgebiet von schattenhaften Gestalten bevölkert war. Mir fiel Mrs. Nettlepoints Haus ein – in jenen Tagen (sie liegen nicht weit zurück, doch gab es Veränderungen) wohnte sie an der Küste, ein Stück weit hinter dem öffentlichen Park, und es kam mir in den Sinn, dass sie wie ich die Nacht in Boston verbringen würde, sollte sie wirklich, wie man mir einige Tage zuvor auf Mount Desert erzählt hatte, morgen nach Liverpool abreisen. Kurz darauf wurde diese Vermutung durch Licht über ihrer Tür und hinter zwei oder drei ihrer Fenster bestätigt, und ich beschloss, mich nach ihr zu erkundigen, bis zum Schlafengehen hatte ich nichts weiter zu tun. Ich war nur hinausgegangen, um etwas Zeit totzuschlagen, und hatte mein Hotel dem Gaslicht und den schwitzenden Portiers überlassen, doch nun hielt ich es für *wahrscheinlich*, dass meine alte Freundin nichts von der Ablösung der *Scandinavia* durch die *Patagonia* wusste, so dass ich ihr dienlich sein könnte, indem ich sie davon unterrichtete. Außerdem konnte ich ihr anbieten, am nächsten Morgen auf sie achtzugeben: Alleinreisende Frauen sind dankbar, wenn man ihnen beim Aufbruch in ferne Länder zur Seite steht.

Tatsächlich fiel mir erst an ihrer Türschwelle ein, dass sie vielleicht gar nicht so allein sein würde, da sie einen Sohn hatte. Doch erinnerte ich mich gleichzeitig daran, dass Jasper Nettlepoint nicht unbedingt ein junger Mann war, auf den man sich verlassen konnte, denn er führte – dies war zumindest meine Vermutung – sein eigenes Leben und hegte eigene Vorlieben und Gewohnheiten, die ihn schon vor langer Zeit von der Seite der Mutter hatten weichen lassen. Wenn er zufällig gerade zu Hause war, würde meine Besorgtheit natürlich übertrieben erscheinen, denn auf seinen zahlreichen Streifzügen – ich glaubte, er hatte die ganze Welt bereist – hatte er sicher gelernt, wie man die Dinge regelt. Letztlich war ich aber froh, Mrs. Nettlepoint zu bedeuten, dass ich an sie dachte. Während meiner langen Abwesenheit hatte ich sie aus den Augen verloren, doch war ihr, einer guten Freundin meiner Schwestern, seit jeher ein Platz in meinem Herzen sicher. Ihr gegenüber hegte ich stets jenes Gefühl, das solche erfreut, die auf Abwege geraten sind oder sich abgesondert haben – das Gefühl, dass zumindest sie alles über mich wusste. Ich konnte jederzeit darauf zählen, dass sie den Leuten versicherte, ich sei ehrbar. Womöglich war mir bewusst, wie wenig ich diese Nachsicht verdiente, als mir in den Sinn kam, dass ich sie seit Ewigkeiten nicht mehr gesehen hatte. Jene Nachlässigkeit ließ sich daran ermessen, wie unbestimmt meine Meinung über Jasper war. Allerdings gehörte ich mittlerweile auch wirklich einer anderen Generation an, die Mutter war eher in meinem Alter als ihr Sohn.

Mrs. Nettlepoint war zu Hause: Ich traf sie in ihrem

hinteren Salon an, wo die großen Fenster sich zum Wasser hin öffneten. In dem Zimmer war es dämmrig – für Lampen war es zu heiß –, und sie saß da, bewegte langsam ihren Fächer und sah hinaus auf den kleinen Meeresarm, der nachts besonders schön ist, wenn sich die Lichter von Cambridgeport und Charlestown darin spiegeln. Ich nahm an, sie dachte an die Lieben, die sie zurücklassen würde, ihre verheirateten Töchter, ihre Enkelkinder, doch schlug sie einen eher typisch Bostoner Ton an, als sie mit dem Fächer auf die Back Bay deutete und zu mir sagte: »Wissen Sie, ich werde dort drüben nichts Bezaubernderes als das hier zu sehen bekommen!« Sie begrüßte mich ausgesprochen herzlich, ihr Sohn aber hatte ihr bereits von der *Patagonia* erzählt, was ihr nicht gefiel, da es die Reise verlängern würde. Sie war auf jedem Schiff ein Häufchen Elend und blieb meist in ihrer Kabine, auch wenn man das Wetter außergewöhnlich schön nennen konnte – als wäre auf See ein Wetter so gut wie das andere.

»Ach, Ihr Sohn wird Sie also begleiten?«, fragte ich.

»Da kommt er, er wird Ihnen selbst viel besser Auskunft geben können als ich mit meinen Vermutungen.« Jasper Nettlepoint, in einem weißen Flanellanzug und mit einem großen Fächer in der Hand, stieß im selben Augenblick zu uns. »Nun, mein Lieber, hast du dich entschieden?«, fuhr seine Mutter fort, ohne an Ironie zu sparen. »Er hat noch immer keinen Entschluss gefasst, dabei legen wir um zehn Uhr ab!«

»Spielt das denn eine Rolle, wenn meine Koffer gepackt sind?«, sagte der junge Mann. »Zurzeit gibt es keinen großen Andrang. Es werden noch Kabinen zu haben sein. Ich warte auf ein Telegramm – das wird den Ausschlag geben. Ich bin gerade zum Club gegangen, um nachzusehen, ob es schon eingetroffen ist – sie schicken es dorthin, weil sie annehmen müssen, dass hier niemand zu Hause ist. Noch war es nicht da, aber ich gehe in zwanzig Minuten wieder hin.«

»Grundgütiger, wie du dich bei dieser Temperatur abhetzt!«, rief die arme Dame, während mir der Gedanke kam, dass ich vor zehn Minuten vielleicht *seine* Billardkugeln gehört hatte. Ich war sicher, er liebte Billard.

»Hetzen? Keineswegs. Ich gehe es ungewöhnlich gemütlich an.«

»Ach, das glaube ich dir gern!«, erwiderte Mrs. Nettlepoint zusammenhanglos. Ich erahnte eine gewisse Spannung zwischen den beiden und seitens des jungen Mannes einen Mangel an Rücksicht, der vielleicht seiner Selbstsucht entsprang. Seine Mutter war nervös, angespannt, wollte endlich wissen, ob sie auf der Reise mit seiner Gesellschaft rechnen konnte oder gezwungen war, sich allein durchzuschlagen. Aber wie er so dastand, lächelte und langsam seinen Fächer bewegte, kam er mir mitnichten wie jemand vor, dem diese Tatsache allzu schwer zu schaffen machte. Er war von jenem Schlag, um den sich andere zu sorgen pflegen, nicht von dem, der sich

9

um andere sorgt. Er war groß und kräftig, hatte ein attraktives Gesicht, einen wohlgeformten Schädel und dichte Locken. Das Weiß seiner Augen und das seines Zahnschmelzes unter seinem braunen Schnurrbart schimmerten undeutlich im Schein der Lichter der Back Bay. Ich erkannte, dass er sonnengebräunt war, als ob er sich oft im Freien aufhielt, und dass er intelligent, aber auch ein wenig unmenschlich wirkte, allerdings nicht auf verbissene Art. Seine Unmenschlichkeit war heiter und kultiviert. Ich musste ihm erklären, wer ich war, merkte aber selbst dann noch, dass er mich kaum zuzuordnen wusste und ich durch meine Erklärungen für ihn zu keiner wirklichen Persönlichkeit wurde oder zumindest zu keiner, der er Bedeutung beimaß. Ich ahnte, dass ich mich im Gespräch mit ihm manchmal sehr jung und manchmal sehr alt fühlen würde, was an ihm völlig vorbeiginge. Als wollte er unserer Gefährtin beweisen, wie gut er sich selbst überlassen werden könne, erzählte er, dass er einmal erst eine Dreiviertelstunde vor Abfahrt an Bord eines Schiffes von London nach Bombay gegangen sei.

»Ja, und deine Mitreisenden waren darüber sicher sehr glücklich!«

»Ach, meine Mitreisenden!«, erwiderte er, und seine Stimme schien anzudeuten, dass jene eben damit zurechtkommen müssten. Er fragte, ob es keine kalten Getränke im Haus gäbe, keine Limonade, keinen eisgekühlten Sirup; bei solch einem Wetter sollte dergleichen stets zur

Verfügung stehen. Als seine Mutter bemerkte, *dergleichen* stehe sicher im Club zur Verfügung, fuhr er fort: »O ja, ich habe dort schon einiges bekommen, aber ich bin seither den Hügel hinuntergegangen, nicht wahr? Man braucht an beiden Enden des Weges einen Schluck. Soll ich läuten und anfragen?« Er läutete, während Mrs. Nettlepoint bemerkte, dass sie bei der Dienerschaft in einem Haus, dessen Annehmlichkeiten sich in der derzeitigen Situation natürlich auf das Notwendigste beschränkten – man benutzte Kerzenstummel und verzichtete auf Luxus –, nicht für den Service garantieren könne. Die Angelegenheit endete damit, dass sie das Zimmer auf der Suche nach Stärkungsmitteln verließ, zusammen mit dem Dienstmädchen, das auf das Läuten hin erschienen war und bei dem Jaspers Ersuchen keinen erkennbaren Geistesblitz ausgelöst hatte.

Sie blieb eine Zeitlang fort, und ich sprach mit ihrem Sohn, der sich gesellig, aber halbherzig gab und ständig mit dem Fächer in der Hand umherwanderte, als wäre er überaus ungeduldig. Gelegentlich ließ er sich einen Moment lang auf dem Fensterbrett nieder, wobei ich feststellte, dass er tatsächlich richtiggehend gut aussah – ein schöner, braungebrannter, gepflegter junger Athlet. Er unterließ es, mir zu sagen, von welcher besonderen Eventualität seine Entscheidung abhing. Er wies nur beiläufig auf ein erwartetes Telegramm hin, und ich begriff, dass er sich wohl nie dazu herablassen würde, irgendetwas zu erklären. Die Abwesenheit seiner Mutter bezeugte, dass sie daran gewöhnt war, keine Mühen zu scheuen, wenn es darum ging, etwas für ihn zu tun, und ich stellte mir vor, wie sie in einer engen Speisekammer zwischen alten Konservendosen herumkramte, während das teilnahmslose Dienstmädchen die Kerze schräg hielt. Ich weiß nicht, ob er innerlich dasselbe Bild vor Augen hatte, jedenfalls hielt es ihn nicht davon ab, sich unvermittelt zu entschuldigen, nachdem er auf die Uhr geblickt hatte – er müsse wieder zum Club. In einer halben Stunde spätestens sei er zurück. Er ging fort, und ich saß allein da in der dunklen, ausgeräumten, reduzierten Szenerie, in der tiefen Stille, die in den Sommermonaten auf amerikanischen Städten ruht – hin und wieder hörte man aus der Ferne einen Schrei oder ein Platschen im Wasser und auf der langen Brücke gelegentlich das Klingeln der Glöckchen der Kutschen, die langsam durch die stickige Nacht fuhren. Ich war mir des seltsamen, halb lieblichen, halb traurigen Einflusses bewusst, der in unbewohnten Häusern oder solchen, die bald verlassen werden, herrscht, an eingehüllten und beraubten Orten, wo die unbeachteten Sofas und geduldigen abgedeckten Tische (wie die beunruhigten Hunde, denen alles ebenso unheimlich vorkommt) den Vorabend einer Reise zu erkennen scheinen.

Ein wenig später hörte ich Stimmen, Schritte, Kleiderrascheln, und ich wandte mich um in der Annahme, dass diese Geräusche die Rückkehr Mrs. Nettlepoints und ihres Dienstmädchens mit der für ihren Sohn zubereiteten Erfrischung ankündigten. Stattdessen erblickte ich zwei andere weibliche Gestalten, Besucherinnen, die man offenkundig eben erst eingelassen hatte und nun ins Zimmer führte. Sie wurden nicht vorgestellt – die Dienerin kehrte ihnen den Rücken und machte sich auf zu unserer Gastgeberin. Die beiden Frauen kamen unsicher, vorsichtig und ohne einführende Worte näher – ihre Unsicherheit entsprang wohl zum Teil der Dunkelheit in dem Zimmer und zum Teil der experimentellen Natur ihres Besuchs, einer entfesselten Vorstellungskraft oder einem Mangel an Selbstvertrauen. Eine der Damen war kräftig gebaut und die andere schlank, und ich konnte mich augenblicklich vergewissern, dass die eine gesprächig und die andere zurückhaltend war. Des Weiteren konnte man erkennen, dass die eine bejahrt und die andere jung war, wobei ihre faktische Unterschiedlichkeit sie nicht daran hinderte, Mutter und Tochter zu sein. Mrs. Nettlepoint kehrte wenige Minuten später zurück, doch die Zeitspanne war lang genug gewesen, so dass ein für diesen Anlass recht wortreiches Gespräch zwischen den Fremden und dem unbekannten Gentleman, den sie mit Hut und Stock in der Hand angetroffen hatten, im Gange war. Dies war nicht meinem Zutun geschuldet – worauf hätte ich eine Unterhaltung aufbauen sollen? – und noch weniger dem der jüngeren, gleichgültigeren oder weniger mutigen Dame. Sie sprach nur einmal – als ihre Begleiterin mir mitteilte, sie werde am nächsten Tag nach Europa aufbrechen, um dort zu heiraten. An dieser Stelle protestierte sie: »Ach, Mutter!«, in einem Ton, der mir im Dunkeln doppelt merkwürdig vorkam und mich neugierig auf ihr Gesicht machte.

Die ältere Frau war ohne Umschweife auf dieses Thema und verschiedene andere Dinge zu sprechen gekommen, nachdem ich erklärt hatte, dass ich auf Mrs. Nettlepoint wartete, die zweifellos bald zurückkehren werde.

»Nun, sie kennt mich nicht – vermutlich hat sie noch nicht einmal von mir gehört«, sagte die gute Dame. »Aber Mrs. Allen schickt mich, ich schätze, das spricht für mich. Sie kennen Mrs. Allen, nehme ich an?«

Diese einflussreiche Persönlichkeit war mir unbekannt, aber ich stimmte ihrer Vermutung vage zu. Mrs. Allens Abgesandte war gutgelaunt und vertraulich, aber eher im reizvollen denn im aufdringlichen Sinne (sie bemerkte, alles wäre natürlich in Ordnung, *falls* ihre Freundin die Zeit gefunden habe, am Nachmittag vorbeizuschauen – nur hätte diese so viel zu tun und sei zudem nur einen Tag in der Stadt, so dass sie sich dessen nicht sicher sein könne). Sogar noch bevor sie die Merrimac Avenue erwähnte (von dort waren sie den ganzen Weg hierher gekommen), hatte sie meine Phantasie bereits mit jener unbestimmten gesellschaftlichen Vorhölle in Verbindung gebracht, welche anständigen Bostoner Bürgern als South

End bekannt war – eine nebulöse Region, die sich hier und da zu einem hübschen Gesicht verdichtet, wo Töchter ihren Müttern eine »Zierde« sind und manchmal mit Gentlemen aus prächtigeren Wohngegenden Bekanntschaft schließen, mit Gentlemen, deren Frauen und Töchter an diesen Bekanntschaften nicht teilhaben.

Als Mrs. Nettlepoint endlich eintrat, ausgestattet mit Kerzen und einem Tablett voller Gläser, die eine farbige Flüssigkeit enthielten und ein kühles Klimpern vernehmen ließen, fiel es mir zu, den Zeremonienmeister zu geben, Mrs. Mavis und Miss Grace Mavis vorzustellen, zu erklären, dass sie soeben der Empfehlung, ja der dringenden Bitte von Mrs. Allen, zwang- und furchtlos vorbeizuschauen, nachgekommen seien, während Mrs. Allen lediglich durch die für sie so typische Zeitknappheit (insbesondere wenn sie aus Mattapoisett herbeieile, um ein paar Stunden lang dringende Einkäufe zu tätigen) daran gehindert worden sei, im Lauf des Tages einen Besuch abzustatten, um zu erläutern, wer die Damen seien und um welche Gunst sie ihre gütige Freundin ersuchen müsse. Gutmütige Frauen verstehen einander, auch wenn sie aus verschiedenen Stadtteilen kommen und demzufolge sozusagen am oberen und unteren Ende der Tafel sitzen. Aus diesem Grunde hatte unsere Gastgeberin rasch die wichtigsten Fakten ermittelt: Mrs. Allens Besuch an jenem Morgen in der Merrimac Avenue, um über Mrs. Ambers großartige Idee, den Unterricht an den öffentlichen

Schulen in den Sommerferien, zu sprechen (sie brachte – sogar bei diesem Wetter! – dem South End gleiche Barmherzigkeit entgegen wie Mrs. Mavis), wo Spiel und Sport und Musik die armen verwahrlosten Kinder von der Straße fernhalten sollten. Dann die Offenbarung, dass plötzlich, fast von einer Minute auf die andere, feststand, dass Grace nach Liverpool auslaufen solle, da Mr. Porterfield endlich bereit sei. Er nehme gerade ein paar Tage Urlaub. Seine Mutter sei bei ihm, sie seien von Paris nach England gereist, um sich einige der berühmten alten Gebäude anzusehen, und er habe telegrafiert, um ihnen mitzuteilen, dass sie die Sache zu Ende bringen und heiraten könnten, wenn Grace sofort abreiste. Zogen sich die Dinge über Jahre derart hin, kam es nicht selten vor, dass am Ende alles überstürzt erledigt wurde. In diesem Fall bliebe Mrs. Mavis natürlich gar nichts anderes übrig, als aufgeregt umherzuflattern. Die Überfahrt ihrer Tochter war gebucht worden, doch es erschien wirklich allzu furchtbar, dass sie ihre Reise allein, ohne Gefährtin oder Begleitung, antreten sollte, zumal es ihre erste Schiffsreise war. *Sie* könne sie nicht begleiten – Mr. Mavis sei zu krank: Sie habe ihn nicht einmal an die Küste mitbringen können.

»Nun, Mrs. Nettlepoint reist mit demselben Schiff«, hatte Mrs. Allen gesagt, und sie hatte die Ansicht vertreten, dass es das Einfachste wäre, das Mädchen in ihre Obhut zu geben. Als Mrs. Mavis erwidert hatte, dass das ja alles schön und gut sei, sie jene Dame aber nicht kenne, hatte Mrs. Allen erklärt, dass dies nicht den geringsten Unterschied mache, da Mrs. Nettlepoint sicher zu jedem Freundschaftsdienst bereit sei. Es wäre wirklich ein Leichtes, sie *kennenzulernen*, falls dies das ganze Problem sei! Mrs. Mavis brauchte nur am nächsten Morgen, wenn sie ihre Tochter an Bord des Schiffs begleite, direkt auf sie zuzugehen (sie würde sie zusammen mit ihrer Gesellschaft an Deck sehen) und ihr klar und deutlich zu sagen, was sie wolle. Mrs. Nettlepoint habe selbst Töchter und hätte sicher Verständnis. Höchstwahrscheinlich würde sie sich auch nach der Ankunft noch gern ein wenig um Grace kümmern, die sich in einer so misslichen Lage befand und allein dem Gentleman entgegenreiste, mit dem sie verlobt war. Sie würde, einer guten Samariterin gleich, ihr helfen, sich vor der Hochzeit etwas umzusehen. Mr. Porterfield schien davon auszugehen, dass sie nicht lange zu warten brauchten, wenn sie erst einmal da wäre: Sie würden sofort alles beim amerikanischen Konsul erledigen. Mr. Allen hatte gesagt, es wäre vielleicht noch besser, Mrs. Nettlepoint vorher, noch am selben Tag, aufzusuchen, um ihr die Bitte vorzutragen: Dann würden sie nicht den Anschein erwecken, sie kurz vor ihrer Abreise zu überfallen. Sie (Mrs. Allen) werde sie selbst besuchen und ein Wort für sie einlegen, wenn sie vor Abfahrt ihres Zuges noch zehn Minuten erübrigen könne. Dass sie nicht erschienen sei, liege wohl daran, dass sie ihre zehn

Minuten nicht hatte erübrigen können, aber sie habe ihnen das Gefühl vermittelt, trotzdem vorbeischauen zu müssen. Mrs. Mavis sei es lieber so, weil morgen auf dem Schiff solch ein Durcheinander herrschen werde. Sie glaube nicht, dass ihre Tochter eine Last bedeuten würde – ganz gewiss nicht. Es ginge ihr nur darum, dass sie jemanden hat, mit dem sie reden könne, und nicht abreist wie ein einfaches Dienstmädchen auf dem Weg zu einer Anstellung.

»Ich verstehe, ich soll eine Art Brautjungfer spielen und sie in feste Hände übergeben«, sagte Mrs. Nettlepoint entgegenkommend. Wirklich zu jedem Freundschaftsdienst bereit, bewies sie bei diesem Anlass, dass es ziemlich unkompliziert war, sie kennenzulernen. Jeder weiß, dass es nichts Unangenehmeres gibt als eine aufgezwungene Verpflichtung auf hoher See, doch sie akzeptierte unbeirrt die Bürde, sich um die junge Dame zu kümmern, und erlaubte ihr, wie Mrs. Mavis es ausdrückte, sich anzuhängen. Offenkundig war sie von Natur aus geduldig, und die Art, wie sie auf die Geschichte ihrer Besucher reagierte, erinnerte mich aufs Neue daran – ich wurde immer wieder daran erinnert, wenn ich in meine Heimat zurückkehrte –, dass meine lieben Landsmänner zu dem Volk auf Erden gehören, das gegenseitige Gefälligkeiten für selbstverständlicher hält als jedes andere. Seit jeher hatten sie sich selbst helfen müssen und ziemlich großmütig zu lernen vergessen, dass es nicht das Gleiche ist,

anderen zu helfen. In keinem Land gibt es weniger Förm-
lichkeit und mehr Gegenseitigkeit.

Zweifellos war es nichts Außergewöhnliches, dass die
Damen aus der Merrimac Avenue sich nicht aufdringlich
vorkamen: Erstaunlich war hingegen, dass Mrs. Nettlepoint augenscheinlich keinerlei Verdacht in diese Richtung hegte. Allerdings hätte sie es unter allen Umständen
für unmenschlich gehalten, sich dergleichen anmerken zu
lassen – obwohl ich erkennen konnte, dass sie sich insgeheim über all das amüsierte, was die Gesprächigere der
beiden Pilgerinnen aus South End für selbstverständlich
erachtete. Ich weiß nicht recht, ob die Haltung der jüngeren Besucherin zum Verdienst der Gutmütigkeit beitrug
oder nicht. Mr. Porterfields Verlobte nahm an den Erläu-
terungen nicht teil, sprach selten, saß da und blickte auf
die Back Bay und die Lichter der langen Brücke. Sie lehnte
die Limonade und die anderen Mischgetränke ab, die ich
ihr auf Mrs. Nettlepoints Bitte hin anbot, während ihre
Mutter allem herzhaft zusprach, und es kam mir in den
Sinn – denn ich hatte ebenso freimütig ein oder zwei Gläser geleert, in denen Eiswürfel klimperten –, dass Mr. Jasper lieber rasch nach Hause eilen sollte, wollte er diesen
Luxus noch genießen.

Wirkte die Zurückhaltung der jungen Frau unterdessen
unhöflich, oder war es in ihrer Lage nur natürlich, dass sie
keinen Schwall von Komplimenten zur Verfügung hatte?
Ich merkte, dass Mrs. Nettlepoint sie häufig ansah, und

Miss Mavis war, wenn auch reserviert, gewiss interessant. Das Kerzenlicht ließ mich erkennen, dass sie zwar nicht in der ersten Blüte ihrer Jugend stand, aber immer noch frisch und hübsch aussah. Ihre Augen und ihr Haar waren dunkel, ihr Gesicht blass, und sie hielt ihr Haupt erhoben, als seien die dicken Haarbänder und alles, was sie sonst noch an Kopfschmuck trug, Zierrat, dessen sie sich nicht schämte. War ihre Mutter vorzüglich und gewöhnlich, so war sie nicht gewöhnlich – zumindest nicht auf offenkundige Weise – und vielleicht auch nicht vorzüglich. Auf jeden Fall wäre sie – dem Eindruck nach – kein langweiliger Ballast, was stets ein Vorzug war, wenn eine Person sich »anhängte«. War eine Art romantisches oder allzu gefühlvolles Interesse, das für gewöhnlich ein gutmütiges Wesen weckt, das einer »langen Verlobungszeit« zum Opfer fiel, der Grund dafür, warum sie mich von Anfang an für sich einnahm – nun, da mir so früh schon ein flüchtiger Einblick in ihre Geschichte gewährt wurde? Ich konnte ihr gewiss keine ausdrückliche Aufforderung anlasten. Sie schwieg nur und lächelte, und ihr Lächeln ließ jede Vermutung, die sich mir ansonsten aufgedrängt hätte, verstummen – dass die Begeisterung in ihrem Herzen erloschen war, die Begeisterung für jenes Versprechen, zu dessen wortgetreuer Einlösung sie nunmehr verdammt war.

Wie ich hinzufügen muss, wurde meine Vermutung allerdings nicht durch die merkwürdige Erinnerung korrigiert, die immer deutlicher Gestalt annahm, während ich über sie nachdachte – eine geistige Assoziation, die durch den Namen Mr. Porterfield geweckt wurde. Sicher hatte ich einen persönlichen, verwischten und verschwommenen Eindruck von dem Gentleman, der in Liverpool auf Mrs. Nettlepoints Protegé wartete oder bald warten würde. Ich hatte ihn getroffen, ihn kennengelernt, irgendwann, irgendwo, irgendwie, in Übersee. Studierte er vor zehn Jahren nicht irgendetwas, sehr intensiv, irgendwo – wahrscheinlich in Paris –, und machte er nicht außergewöhnlich geschmackvolle Strichzeichnungen und architektonische Skizzen? Speiste er nicht für zwei Franc fünfundzwanzig an einer *table d'hôte* in der Rue Bonaparte, wo ich damals häufig einkehrte, und trug er nicht eine Brille und ein schottisches Plaid, drapiert auf eine Weise, die zu sagen schien: »Mir wurde aus vertrauenswürdigen Quellen versichert, dass man es in den Highlands ebenso trägt«? War er nicht bekannt für seine extreme Gereiztheit und dazu sehr arm, so arm, dass man es wirkliche Not nennen konnte, so dass ich annahm, er besäße keinen Mantel und schliefe nachts unter seinem Tartan? Arbeitete er nicht immer noch äußerst hart, und würde er unter normalen Umständen nicht immer noch bezweifeln, dass er den Boden unter den Füßen gefunden oder genug gelernt hatte, um seine Karriere anzupacken? Er war wohl ein Mann, der langen Anlauf brauchte – Miss Mavis bleiches Gesicht schien dies zu bezeugen. Ich glaubte, ich hätte keinen so langen Anlauf gebraucht, um ihr näherzukommen, wenn ich in sie verliebt gewesen wäre. Sein Fach war Architektur, und er studierte an der École des Beaux Arts. Diese Erinnerung stand mir mit der Zeit so klar vor Augen, dass ich – als natürliche Folgerung – das seltsames Gefühl hatte, ziemlich viel über die junge Dame zu wissen.

Selbst nachdem man vereinbart hatte, dass Mrs. Nettlepoint alles Menschenmögliche für sie tun würde, blieb die andere Besucherin sitzen, nippte an unseren eisgekühlten Getränken und erzählte, wie »schwach« Mr. Mavis gewesen sei. Zu diesem Zeitpunkt kam mir das Schweigen des Mädchens noch dezidierter vor, vielleicht weil sie einerseits den freimütigen Redefluss ihrer Mutter missbilligte – sie war »Zierde« genug, dies zu beurteilen –, andererseits weil sie der Gedanke, ihren kranken, womöglich sterbenden Vater zu verlassen, allzu sehr bekümmerte. Man konnte nicht übersehen, dass die Familie arm war und sie nur eine ausgesprochen dürftige Aussteuer mit in die Ehe brachte. Wenn Mr. Porterfield beabsichtige, die fehlende Summe auszugleichen, dann hätte er sein eigenes Leben gründlicher ändern müssen. Falls er inzwischen durch die erfolgreiche Ausübung seines Berufs zu Wohlstand gekommen war, waren mir bislang keine diesbezüglichen Hinweise untergekommen – sein Ruf war nicht bis zu mir vorgedrungen.

Mrs. Nettlepoint unterrichtete ihre neuen Freunde davon, dass sie auf See stets untätig blieb. Sie sei gern bereit,

Miss Mavis auf ihrem Leidensweg von Anfang bis Ende zu begleiten, aber nicht dazu in der Lage, mit ihr auf dem Deck zu flanieren, sich mit ihr abzumühen, ihr zu den Mahlzeiten Gesellschaft zu leisten. Daraufhin antwortete das Mädchen, sie werde ihr sicher keine Umstände machen: Sie sei überzeugt, sie werde einen schlechten Seemann abgeben und die Reise, auf dem Rücken liegend, verbringen. Ihre Mutter spottete über dieses Bild, prophezeite herrliches Wetter und eine vergnügliche Zeit, und ich warf ein, dass man auf mich, einen harmlosen Junggesellen mit leidlicher Reiseerfahrung, zählen könne und ich entzückt wäre, dem neuen Mitglied unserer Gesellschaft meinen Arm oder jede andere Unterstützung anbieten zu können, wann immer sie es wünsche. Beide Damen dankten mir dafür – akzeptierten meine Beteuerungen uneingeschränkt –, und die ältere meinte, wir gäben offenkundig eine so muntere Truppe ab, dass sie es höchst bedauerlich finde, zu Hause bleiben zu müssen. Sie fragte Mrs. Nettlepoint, ob noch jemand mit von der Partie sei, und als unsere Gastgeberin ihren Sohn erwähnte – möglicherweise werde er auch an Bord gehen, aber (ist das nicht absurd?) er habe sich noch nicht entschieden –, erwiderte sie mit außergewöhnlicher Aufrichtigkeit: »Oh, meine Liebe, ich hoffe, er kommt mit, das wäre reizend für Grace.«

Die Worte ließen mich aus irgendeinem Grund an den Tartan des armen Mr. Porterfield denken, zumal Jasper Nettlepoint im selben Augenblick hereinspaziert kam.

Seine Mutter stellte ihn sofort zur Rede: Es sei zehn Uhr, ob er sich zufällig zu einer Entscheidung bequemt habe? Anscheinend überhörte er sie, denn zunächst einmal nahm er überrascht von der Anwesenheit der unbekannten Damen Notiz und dann von der Tatsache, dass ihm eine der beiden nicht unbekannt war. Der junge Mann begrüßte Miss Mavis nach kurzem Zögern mit einem Händedruck und einem: »Oh, guten Abend, wie geht es Ihnen?« Er sprach ihren Namen nicht aus – den er, wie ich bemerkte, wohl vergessen hatte, sie aber nannte ihn sofort bei dem seinen und legte die Besonnenheit des amerikanischen Mädchens an den Tag, ihn ihrer Mutter »vorzuführen«.

»Also, du hättest mir wirklich sagen können, dass du ihn längst kennst!«, rief jene Dame vergnügt. Dann hielt sie eine ebenso gewichtige Vertraulichkeit für Mrs. Nettlepoint bereit. »Das hätte mir einiges an Sorge erspart – eine bereits bestehende Bekanntschaft.«

»Ach, die Bekanntschaften meines Sohnes …«, murmelte unsere Gastgeberin.

»Ja und die meiner Tochter!«, echote Mrs. Mavis fröhlich. »Mrs. Allen hat uns nicht gesagt, dass *Sie* mitreisen«, fuhr sie, an den jungen Mann gerichtet, fort.

»Das wäre klug gewesen, wenn sie davon gewusst hätte!«, seufzte Mrs. Nettlepoint.

»Liebe Mutter, ich habe mein Telegramm erhalten«, bemerkte Jasper, während er Grace Mavis musterte.

24

»Ich kenne Sie kaum«, sagte das Mädchen, seinen Blick erwidernd.

»Ich habe mit Ihnen auf einem Ball getanzt – einem Ball für irgendwelche Notleidende.«

»Ich glaube, es war für die Opfer einer Überschwemmung oder eines Großbrandes«, sie lächelte matt. »Aber das war vor langer Zeit – seither habe ich Sie nicht wieder gesehen.«

»Ich bin viel gereist – bedauerlicherweise. Ich würde sagen, es war ein Großbrand.«

»Es war in der Horticultural Hall. An Ihren Namen konnte ich mich nicht mehr erinnern«, sagte Grace Mavis.

»Das ist wirklich unhöflich von Ihnen, wo ich mich doch noch lebhaft an Ihr rosa Kleid erinnere.«

»Oh, das kenne ich – dein erdbeerfarbenes Tarlatankleid: Das stand dir ganz ausgezeichnet!«, warf Mrs. Mavis ein. »Du musst dir genau so eines wieder zulegen – drüben.«

»Ja, Ihre Tochter sah bezaubernd darin aus«, sagte Jasper Nettlepoint. Dann fügte er, an das Mädchen gewandt, hinzu: »Trotzdem haben Sie Ihrer Mutter gegenüber meinen Namen erwähnt.«

»Er fiel mir wieder ein – als ich Sie hier sah. Ich wusste nicht, dass es Ihr Zuhause ist.«

»Nun, ich gebe zu, das ist es auch nicht, nicht oft. Oh, jetzt gibt es Getränke!« Er näherte sich dem Tablett mit den Gläsern.

»Aber ja, und sie sind ziemlich köstlich.« Mrs. Mavis wischte sich genüsslich den Mund.

»Vielleicht möchten Sie noch etwas? Einen rosa Drink, wie das Kleid Ihrer Tochter.«

»Mit Vergnügen, Sir. Ach, bieten Sie den anderen doch auch etwas an«, fuhr Mrs. Mavis fort, indem sie ihr drittes Glas aus der Hand des jungen Mannes entgegennahm.

»Meiner Mutter und jenem Gentleman? Die können sicher gut für sich selbst sorgen«, wandte er freimütig ein.

»Dann meiner Tochter – sie hat als alte Freundin ein Recht darauf.«

Doch in diesem Augenblick hatte sich seine Mutter eingemischt. »Jasper, was steht in deinem Telegramm?«

Er schenkte ihr keinerlei Beachtung: Er stand da mit seinem Glas in der Hand und blickte von Mrs. Mavis zu Miss Grace.

»Ach, überlassen Sie mir das, Madam. Das ist sozusagen mein Spezialgebiet«, sagte ich zu Mrs. Mavis.

Der junge Mann nahm meine Gegenwart zur Kenntnis. Im nächsten Moment fragte er das Mädchen: »Sagten Sie, Sie reisen nach Europa?«

»Ja, morgen. Auf demselben Schiff wie Ihre Mutter.«

»Deswegen sind wir hierher gekommen, um alles zu regeln«, sagte Mrs. Mavis.

»Mein Sohn, hab Mitleid mit mir und sag mir, was dein Telegramm ans Licht bringt«, fuhr Mrs. Nettlepoint fort.

26

»Das werde ich tun, Teuerste, sobald ich meinen Durst gestillt habe.« Er leerte gemächlich sein Glas.

»Also, Sie sind ja noch schlimmer als Gracie«, kommentierte Mrs. Mavis. »Bei ihr ging es hin und her – aber nur bis gestern ungefähr drei Uhr.«

»Entschuldigung – darf ich Ihnen etwas anbieten?«, erkundigte sich Jasper bei Gracie, die jedoch weiterhin ablehnte, als wollte sie den überschwänglichen *Appetit* ihrer Mutter ausgleichen. Mir war wohl bewusst, dass die beiden Damen sich lieber hätten verabschieden sollen, nun, da die Frage nach Mrs. Nettlepoints Gutmütigkeit zu aller Zufriedenheit beantwortet war und das morgige Wiedersehen an Bord des Schiffes schon kurz bevorstand, und ich ging sogar so weit, ihren in die Länge gezogenen Besuch bei einer sichtlich unruhiger werdenden Gastgeberin als endgültigen Beweis ihres Mangels an guter Erziehung zu werten. Miss Grace erwies sich letztlich doch nicht als echte Zierde ihrer Mutter, denn sie hätte leicht darauf hinweisen können, dass es Zeit war, zu gehen, trotz des offenkundigen »Spiels« von Mrs. Mavis, ihren Konsum von Erfrischungen, so gut es eben ging, in die Länge zu ziehen. Ich betrachtete das Mädchen mit zunehmendem Interesse. Ich konnte nicht aufhören, mir ein, zwei Fragen über sie zu stellen, und fühlte bereits (undeutlich und allgemein), dass sie sichtlich verlegen oder zumindest besorgt war. Machte es die Angelegenheit nicht noch komplizierter, statt Linderung zu bringen, indem sie lang genug blieb, um zu erfahren, ob Jasper mitreiste oder nicht? War womöglich bei jenem Anlass oder in jener Zeit, deren Erwähnung wir aufgeschnappt hatten, etwas Besonderes zwischen den beiden vorgefallen, und hatte sie wirklich nicht gewusst, dass ihre Mutter sie zum Haus *seiner* Mutter führte, obwohl sie es offensichtlich für klug gehalten hatte, alles Wissen zu verheimlichen? Derlei war bezeichnend – auch wenn man in Wirklichkeit nicht recht wusste wofür –, seitens einer jungen Dame, die mit diesem seltsam abgeschotteten Phantom eines Mr. Porterfield verlobt war. Doch muss ich hinzufügen, dass sie mir keinen weiteren Anlass zur Verwunderung gab als den, dass sie still und heimlich ihre Mutter ermutigte zu bleiben. Irgendwie spürte ich, dass *sie* sich der Anstößigkeit dieses Verhaltens bewusst war. Ich stand nun selbst auf, um zu gehen, doch Mrs. Nettlepoint hielt mich zurück, als sie merkte, dass mein Aufbruch nicht als Wink verstanden wurde, und ich begriff, dass ich sie nicht mit den anderen Besuchern allein lassen sollte. Jasper klagte über die Enge des Zimmers, sagte, dies sei keine Nacht, die man eingesperrt in den eigenen vier Wänden zubringe – man solle hinaus an die frische Luft, unter freien Himmel. Er beklagte, dass die aufs Meer blickenden Fenster nicht auf einen Balkon oder eine Terrasse führten, bis ihn seine Mutter, die er immer noch nicht über das Telegramm aufgeklärt hatte, an den schönen Balkon zur anderen Seite hin erinnerte, der einem

Dutzend Personen Platz bot. Sie versicherte ihm, dass wir uns dorthin begeben würden, wenn es ihm gefiele.

»Morgen wird es schön und kühl sein, wenn wir auf den großen Ozean hinausdampfen«, sagte Miss Mavis und verlieh dem Gedanken, den ich vor einer halben Stunde geäußert hatte, mehr Lebhaftigkeit als jeder anderen ihrer bisherigen Mitteilungen. Mrs. Nettlepoint erwiderte, es werde wahrscheinlich eiskalt sein, und ihr Sohn murmelte, er wolle den Balkon des Salons ausprobieren und Bericht erstatten. In dem Moment, als er sich abwandte, sagte er lächelnd zu Miss Mavis: »Möchten Sie mich nicht begleiten und nachsehen, ob es dort angenehm ist?«

»Nun ja, wir sollten lieber nicht die ganze Nacht hierbleiben!«, rief ihre Mutter, blieb aber noch immer reglos sitzen. Nach kurzem Zögern erhob sich das Mädchen und begleitete Jasper ins Nebenzimmer. Ich bemerkte, wie ihr Größe und Schlankheit beim Gehen zum Vorteil gereichten, und sie sah gut aus, als sie, den Kopf in den Nacken geworfen, in die Dunkelheit des anderen Teils des Hauses davonging. Dass sie solch eine Bitte akzeptierte, hatte etwas ziemlich Auffälliges, ziemlich Überraschendes an sich – ich kann kaum sagen warum, denn die eigentliche Handlung war reichlich belanglos –, und vielleicht blieben wir anderen etwas steif und schweigend zurück, weil wir dies spürten, während sie fortblieb. Ich erwartete Mrs. Mavis' Aufbruch, damit auch ich gehen konnte, und Mrs. Nettlepoint erwartete, dass sie aufbrach, damit ich nicht vorher ging. Dies ließ uns die Abwesenheit der jungen Dame zweifellos länger erscheinen, als sie in Wirklichkeit war – wahrscheinlich war sie nur sehr kurz. Überdies schien sich die Sorglosigkeit ihrer Mutter zu verflüchtigen. Jasper Nettlepoint kehrte bald in den hinteren Salon zurück, um seiner Gefährtin ein Glas mit unserem klaren Fruchtsirup zu holen, und er nutzte die Gelegenheit, um anzumerken, wie herrlich es auf dem Balkon sei: Man bekomme wirklich etwas Luft, da der Wind aus dieser Richtung wehe. Als er mit seinem klimpernden Glas davonzog, erinnerte ich mich, dass Miss Mavis vor ein paar Minuten nicht bereit gewesen war, dieses unschuldige Angebot aus *meiner* Hand anzunehmen. Kurz darauf sagte Mrs. Nettlepoint: »Nun, wenn es dort so angenehm ist, dann sollten wir lieber auch hinübergehen.« Wir gingen also nach vorn und trafen im anderen Zimmer die beiden jungen Leute, die gerade vom Balkon hereintraten. Im Licht späterer Ereignisse sollte ich mich fragen, wie lange die beiden wirklich zwei der Rattanstühle okkupiert hatten, die den Ort im Sommer zierten. Wenn es nicht mehr als fünf Minuten gewesen sind, würde das die nachfolgenden Vorgänge noch umso seltsamer erscheinen lassen. »Wir müssen gehen, Mutter«, sagte Miss Mavis sofort, und einen Augenblick später, nach einem kleinen Wiederaufflackern des Geplauders über unser allgemeines Wiedersehen auf dem Schiff, hatten sich die Besucher verabschiedet. Jasper begleitete sie zur Tür, und gleich nachdem sie gegangen waren, machte Mrs. Nettlepoint ihrem Eindruck zünftig Luft. »Ach, sie wird doch langweilig sein – sie wird die Langweiligste aller Langweiler sein!«

»Gewiss nicht, weil sie zu viel redet.«

»Affektiertes Schweigen ist genauso schlimm. Ich hasse diese eigentümliche *Pose*. Die kommt gerade sehr in Mode. Den Engländern abgeschaut, wie alles andere auch. Ein Mädchen, das auf See versucht, sich statuenhaft zu geben – das wird bestimmt eine Nervenprobe!«

»Ich weiß nicht, was sie darstellen möchte, aber sie hat Erfolg damit, ausgesprochen hübsch auszusehen.«

»Umso besser für Sie. Ich überlasse sie Ihnen, denn ich werde mich einsperren. Wie schön, dass man sie in meine ›Obhut‹ gibt!«, rief meine Freundin.

»Jasper wird sich um sie kümmern«, bemerkte ich.

»Ach, er wird nicht mitkommen«, jammerte sie. »Ich wünsche es mir zu sehr!«

»Da bin ich anderer Meinung. Mir scheint, er fährt.«

»Warum hat er mir dann nichts gesagt – als er zurückkam?«

»Er wurde von der jungen Frau abgelenkt – er hatte nicht damit gerechnet, hier ein schönes Mädchen vorzufinden.«

»Abgelenkt? Und seine Mutter und ihre liebevolle Hoffnung? Seine Mutter, die zitternd auf seine Entscheidung wartet?«

»Nun ja«, ich versuchte die richtigen Worte zu finden, »sie ist eine alte Freundin, was wissen wir schon. Es war ein Wiedersehen nach langer Trennung.«

»Ja, bei den Scharen, die er kennt!« Mrs. Nettlepoint seufzte.

»Bei den Scharen?«

»Er hat so viele Freundinnen – in den verschiedensten Kreisen.«

»Nun, dann bleibt sie in unserer Mitte«, erwiderte ich, »denn ich meinerseits kenne, oder besser, kannte ihren jungen Mann.«

»Ihren Zukünftigen?« Das tröstete sie ein wenig.

»Jawohl, ihren Verlobten. Übrigens«, fiel mir ein, »er wird wohl inzwischen nicht mehr der Jüngste sein.«

»Das hört sich so seltsam an – wie sie ihm hinterher-trottet!«, sagte Mrs. Nettlepoint.

Ich wollte erwidern, dass es einem nicht seltsam er-schien, wenn man Mr. Porterfield kennt, doch kam mir der Gedanke, dass es dadurch nur noch seltsamer wirken müsste. Ich schilderte meiner Gefährtin in kurzen Wor-ten, wer er war – dass ich ihn damals in Paris getroffen hatte, als ich einen flüchtigen Moment daran glaubte, Ma-len lernen zu können, als ich mit der *jeunesse des écoles* zu-sammenlebte, und ihr Kommentar dazu war schlicht: »Nun, er hätte lieber herkommen sollen, um sie zu holen!«

»Vielleicht. So wie sie da saß, kam es mir vor, als würde sie es sich noch in letzter Minute anders überlegen.«

»Ihre Heirat?«

»Die Reise. Aber jetzt wird sie dabeibleiben.«

Jasper kehrte zurück, und seine Mutter stellte ihn sofort zur Rede. »Also, *kommst* du mit?«

»Ja, dass werde ich.« Er fügte sich in dieser Sache endlich seinem Schicksal. »Ich habe mein Telegramm.«

»Ach, Ihr Telegramm!« Ich wagte ihn ein wenig zu sticheln. »Dieses bezaubernde Mädchen ist Ihr Telegramm.«

Er warf mir einen Blick zu, doch konnte ich in der Dunkelheit nicht gut genug sehen, um ihn zu deuten. Dann beugte er sich über seine Mutter und küsste sie. »Meine Nachricht ist nicht besonders zufriedenstellend. Ich fahre *deinetwegen*.«

»Ach, du Schmeichler!«, antwortete sie. Aber natürlich war sie entzückt.

Kapitel II

Für gewöhnlich verbringen die Passagiere die ersten Stunden einer Seereise damit, sich in ihre Kabinen zu zwängen, ihre entweder übertriebenen oder unzureichenden kleinen Vorkehrungen zu treffen, sich zu wundern, wie man wohl so viele Tage in solch einem Loch verbringen kann, und den Stewards, die im Vergleich dazu wie stattliche Männer von Welt wirken, dämliche Fragen zu stellen. Meine eigenen Weihen wurden rasch vollzogen, so wie es einem alten Seemann gebührt, und dasselbe galt anscheinend auch für Miss Mavis, denn als ich eine halbe Stunde später das Deck erklomm, traf ich sie dort allein im Heck des Schiffes, ihren Blick auf den schwindenden Kontinent gerichtet. Für seine Größe verschwand er ziemlich schnell. Ich gesellte mich zu ihr, da ich inmitten der vielen Abschiednehmenden und dem Durcheinander der Lebewohls, bevor wir ablegten, nicht mit ihr gesprochen hatte. Wir unterhielten uns ein wenig über das Schiff, unsere Mitreisenden und unsere Aussichten, und dann sagte ich: »Ich glaube, Sie erwähnten gestern Abend einen mir bekannten Namen – Mr. Porterfield.«

»O nein, ich bestimmt nicht!«, erwiderte sie sehr direkt, während sie mich durch ihren tief ins Gesicht gezogenen Schleier anlächelte.

»Dann Ihre Mutter.«

»Höchstwahrscheinlich meine Mutter.« Und sie lächelte weiter, als hätte ich es besser wissen müssen.

»Ich erlaube mir, auf ihn zu sprechen zu kommen, weil ich glaube, mit ihm bekannt zu sein«, fuhr ich fort.

»Oh, ich verstehe.« Und sie schien über diese Bemerkung hinaus kein Interesse daran zu haben. Sie überließ es mir, eine Verbindung herzustellen.

»Das heißt, wenn es dieselbe Person ist.« Mir kam es kläglich vor, nichts weiter zu sagen, also fügte ich hinzu: »Mein Mr. Porterfield hieß David.«

»Nun, unserer auch.« »Unserer« erschien mir eine schlaue Wortwahl.

»Vermutlich werde ich ihn wiedersehen, wenn er Sie in Liverpool abholt«, fuhr ich fort.

»Nun, es wäre schlimm, wenn er das nicht täte.«

Es war noch zu früh für mich, mir vorzustellen, dass es schlimm wäre, wenn er es täte: Das kam erst später. Also bemerkte ich, dass ich ihn wahrscheinlich nicht wiedererkennen würde, da ich ihn so viele Jahre nicht gesehen hatte.

»Nun, ich habe ihn auch einige Zeit nicht gesehen, gehe aber davon aus, dass ich ihn trotzdem wiedererkennen werde.«

»Ach, bei Ihnen ist es etwas anderes«, erwiderte ich arglos und heiteren Sinnes. »Ist er seit jenen Tagen nicht in der Heimat gewesen?«

»Ich weiß nicht«, beteuerte sie standhaft, »welche Tage Sie meinen.«

»Als ich ihn in Paris kennenlernte – vor Urzeiten. Er besuchte die École des Beaux Arts. Er studierte Architektur.«

»Nun, er studiert es immer noch«, sagte Grace Mavis.

»Hat er es denn noch nicht gelernt?«

»Ich weiß nicht, was er gelernt hat. Ich werde es erfahren.« Dann fügte sie zugunsten meiner vielleicht unangebrachten Leichtfertigkeit hinzu: »Architektur ist ein sehr schwieriges Fach, und er ist ungeheuer gründlich.«

»O ja, daran erinnere ich mich. Er war bewundernswert fleißig. Aber er muss Ihnen ziemlich fremd geworden sein, wenn er seit so vielen Jahren nicht mehr zu Hause gewesen ist.«

Sie schien diesen Gedanken zunächst kompliziert zu finden, aber sie antwortete mir, so gut sie konnte. »Oh, er ist nicht wankelmütig. Wenn er wankelmütig wäre …«

Doch dann schwieg sie. Sie wollte wohl anmerken, dass er sie schon vor langer Zeit aufgegeben hätte, wenn er wankelmütig wäre. Einen Augenblick später fuhr sie fort: »… hätte er sich nicht derart an seinen Beruf geklammert. Man verdient damit nicht viel.«

Ich versuchte, ihre recht eigenartige jungfräuliche Verbissenheit abzumildern. »Es kommt darauf an, was Sie unter viel verstehen.«

»Man wird davon nicht reich.«

»Ja, natürlich braucht man berufliche Erfahrung – und man muss lange arbeiten.«

»Ja – das sagt Mr. Porterfield auch.«

Die Art und Weise, wie sie diese Worte aussprach, brachte mich zum Lachen – sie deuteten äußerst gelassen darauf hin, dass der fragliche Gentleman seinen eigenen Prinzipien nicht gerecht wurde. Doch hielt ich mich im Zaum und fragte sie, ob sie davon ausgehe, lange in Europa zu bleiben – ob sie sich vielleicht sogar dort niederlassen wolle.

»Nun, wenn sich meine Rückreise so lange hinauszögert wie meine Anreise, dann wird es mich wohl einige Zeit dort halten.«

»Und ich glaube, Ihre Mutter sagte gestern Abend, es sei Ihr erster Besuch.«

Miss Mavis blickte mir auf ihre besonnene Art in die Augen. »Mutter war wirklich redselig!«

»Es war alles sehr interessant.«

Sie sah mich weiterhin an. »Das meinen Sie doch nicht ernst«, bemerkte sie dann schlicht.

»Was hätte ich sonst davon, es zu sagen?«

»Ach, Männer haben immer etwas davon.«

»In diesem Fall geben Sie mir das Gefühl, ein schrecklicher Versager zu sein. Allerdings hoffe ich«, fuhr ich fort, »dass Ihnen die Vorstellung, fremde Länder zu sehen, Freude bereitet.«

»Grundgütiger – das will ich meinen!«

Dies war schon fast herzlich und munterte mich entsprechend auf. »Schade, dass unser Schiff keines von den schnellen ist, falls Sie es eilig haben.«

Nach einem kurzen Schweigen brachte sie hervor: »Ach, es ist wohl schnell genug!«

An jenem Abend stattete ich Mrs. Nettlepoint einen Besuch ab und setzte mich auf ihre Seekiste, die zu meiner Bequemlichkeit unter der Koje hervorgezogen worden war. Es war neun Uhr, aber noch nicht ganz dunkel, da unser Nordkurs uns bereits in die Breiten der längeren Tage befördert hatte. Sie hatte ihr Nest bewundernswert hergerichtet und erholte sich nun von den Mühen. Sie lag in einem Schlafrock und mit einer Haube, die ihr gut stand, auf dem Sofa. Es war seit jeher ihre Angewohnheit, Reisen in der Kabine zu verbringen, wo es stets gut roch – so sehr hatte sie ihre Künste verfeinert –, und sie hatte ein ausgeklügeltes System, wie sie ihr Bullauge geöffnet halten konnte, ohne dass Meerwasser eindrang. Sie hasste das, was sie als Schiffstohuwabohu bezeichnete, und die Vorstellung, beim Hinaufgehen Stewards mit Tellern voller übrig gebliebener Speisen über den Weg zu laufen. Sie behauptete, mit ihrer Lage zufrieden zu sein – wir versprachen einander, uns gegenseitig Bücher zu leihen, und ich versicherte ihr vertraulich, dass ich täglich dutzendmal bei ihr ein und aus gehen würde –, und sie bedauerte mich, weil ich mich in Gesellschaft begeben musste. Sie hielt das für kein sonderliches Privileg, denn sie hatte an Deck, bevor wir aus dem Hafen ausgelaufen waren, einen Blick auf unsere Mitreisenden geworfen.

»Oh, ich bin ein unverbesserlicher, fast schon professioneller Beobachter«, erwiderte ich, »und mit diesem Laster ebenso beschäftigt wie eine alte Frau, die in der Sonne strickt. Es lässt mich in jeder Situation, ungeordnet und demütig, Dinge *sehen*. Ich werde sogar hier welche sehen und sehr oft zu Ihnen hinunterkommen und Ihnen alles erzählen. Heute haben Sie kein Interesse daran, aber sicher schon morgen, denn ein Schiff ist eine große Schule des Tratsches. Sie werden nicht glauben, in wie viele Erkundigungen und Probleme Sie verwickelt sind, wenn wir die halbe Strecke zurückgelegt haben.«

»Ich? Nie und nimmer! Ich werde hier liegen, meine Nase in ein Buch stecken, und alles andere wird mir egal sein.«

»Sie werden indirekt daran teilhaben. Sie werden durch meine Augen sehen, an meinen Lippen hängen, Partei ergreifen, Leidenschaften empfinden, alle Arten von Zuneigung und Empörung. Es kommt mir so vor«, setzte ich meine Spekulationen fort, »dass Ihre junge Dame die Person an Bord ist, die mich dabei am meisten interessiert.«

»*Meine* junge Dame! Sie hat mich nicht besucht, seit wir abgelegt haben.«

»Da sehen Sie's – Sie haben das Gefühl, dass sie Ihnen etwas schuldet. Nun«, fügte ich hinzu, »sie ist sehr eigenartig.«

»Ihre Ausdrucksweise ist dermaßen kaltblütig!«, klagte Mrs. Nettlepoint. *Elle ne sait pas se conduire.* Sie hätte herkommen und sich nach meinem Befinden erkundigen sollen.«

»Ja, weil Sie unter ihrer Obhut stehen«, lachte ich. »Ob sie nicht weiß, wie man sich benimmt? Nun, das ist genau das, was wir herausfinden werden.«

»Sie vielleicht, ich nicht! Ich will nichts mit ihr zu tun haben.«

»Sagen Sie das nicht – sagen Sie das nicht.«

Mrs. Nettlepoint warf mir einen kurzen Blick zu. »Warum so ernst?«

Ich erwiderte ihren Blick. »Das sage ich Ihnen, noch

bevor wir an Land gehen. Haben Sie Ihren Sohn denn hin und wieder gesehen?«

»O ja, er war bereits mehrmals hier. Er scheint sehr zufrieden zu sein. Er hat eine Kabine für sich allein.«

»Welch großes Glück«, sagte ich, »mir scheint, er hat immer Glück. Ich war mir sicher, ich müsste ihm die zweite Koje in meiner Kabine anbieten.«

»Und das hätte Ihnen keine Freude gemacht, weil Sie ihn nicht mögen«, sagte sie unwillig.

»Wie kommen Sie denn darauf?«

»Das sagt mir mein Verstand – mein Herz, mein *cœur de mère*. Wir können dergleichen erraten. Sie halten ihn für egoistisch. Das habe ich gestern Abend bemerkt.«

»Meine Liebe«, konnte ich rasch genug erwidern, »ich treffe keinerlei allgemeine Urteile über ihn. Er ist nur eines der Phänomene, die ich beobachten werde. Mir scheint, er ist ein sehr netter junger Mann. Da Sie jedoch gestern Abend erwähnen«, fügte ich hinzu, »gebe ich zu, dass er Sie meiner Meinung nach ziemlich gepeinigt und mit Ihrer bangen Erwartung gespielt hat.«

»Aber letztlich kam er mit, um mir einen Gefallen zu tun«, sagte Mrs. Nettlepoint.

Ich schwieg eine Weile. »Sind Sie sicher, dass er Ihretwegen mitkam?«

»Ach oder vielleicht Ihretwegen!«

Ich bot diesem Seitenhieb, der typisch ist für eine heimtückische Frau, wenn man es wagt, sie vor einem geliebten

Quälgeist in Schutz zu nehmen, Paroli. »Als er mit diesem Mädchen auf den Balkon ging«, wagte ich mich vor, »bat sie ihn vielleicht, *ihretwegen* mitzukommen.«

»Das hat sie vielleicht wirklich getan. Aber warum sollte er ihrer Bitte entsprechen – so wie sie sich benimmt?«

»Das weiß ich noch nicht, aber womöglich werde ich es bald erfahren. Er wird es mir natürlich nicht sagen – weil er mir nie irgendetwas erzählen wird: Er gehört nicht zu denen«, schlussfolgerte ich, »die reden.«

»Wenn sie ihn nicht gebeten hat, tun Sie ihr durch Ihre Behauptung großes Unrecht«, sagte Mrs. Nettlepoint.

»Ja, wenn sie ihn nicht gebeten hat. Aber Sie sagen das, um Jasper zu schützen – nicht um sie zu schützen«, lächelte ich.

»Sie *sind* kaltblütig – es ist unheimlich!«, rief meine Freundin.

»Ach, das ist noch gar nichts! Warten Sie ein Weilchen – Sie werden sehen. Auf See bin ich im Allgemeinen furchtbar – ich überschreite die Grenzen. Wenn ich ihr in Gedanken Unrecht getan habe, springe ich über Bord. Man kann Fragen stellen, ohne dabei grobe Worte zu benutzen – aber davon braucht ein Mann einer Frau nichts zu sagen.«

»Ich weiß nicht, was sich Ihrer Vorstellung nach zwischen den beiden abspielt«, sagte Mrs. Nettlepoint.

»Nun, nichts anderes als das«, räumte ich ein, »was an

der Oberfläche sichtbar wurde. Es sickerte durch, wie es die Tageszeitungen ausdrücken, dass sie alte Freunde sind.«

»Er hat sie auf irgendeiner kunterbunten Party getroffen – ich habe ihn später danach gefragt. Sie ist keine Person« – meine Gastgeberin war sich dessen sicher –, »die er ernsthaft in Erwägung ziehen könnte.«

»Das entspricht genau meiner Meinung.«

»Wissen Sie was, sie beobachten nicht – Sie bilden sich etwas ein«, setzte Mrs. Nettlepoint unseren Disput fort. »Wie erklären Sie sich denn, dass sie Jasper eine Falle stellt und gleichzeitig der Liebe wegen nach Liverpool reist?«

Oh, auf diese Weise ließ ich mich nicht aufs Glatteis führen! »Ich glaube nicht einen Moment lang, dass sie ihm eine Falle stellt. Ich vermute, dass sie impulsiv aus der Situation heraus handelte. Sie reist nach Liverpool, um zu heiraten. Das ist nicht unbedingt dasselbe wie Liebe, insbesondere aus der Sicht dessen, der zufällig einen persönlichen Eindruck von dem Gentleman gewinnen konnte, mit dem sie verlobt ist.«

»Nun, es gibt in solch einer Situation gewisse Grenzen der Schicklichkeit, die sogar die Liederlichsten ihres Geschlechts beachten. Offenbar halten Sie sie – ohne Beweise – für fähig, selbst diese zu übertreten.«

»Ach, Sie machen sich keine Vorstellung von den Grauzonen«, erwiderte ich. »Grenzen der Schicklichkeit und

Übertretungen, meine Liebe – Sie müssen nicht gleich so schwere Geschütze auffahren! Ich kann mir sehr gut vorstellen, dass sie, ohne auch nur im Geringsten unanständig zu sein, auf dem Balkon zu Jasper sinngemäß oder sogar wörtlich Folgendes sagte: ›Ich bin schrecklich niedergeschlagen, aber wenn Sie mitkommen, werde ich mich besser fühlen, und das wird auch Ihnen Freude machen.‹«

»Und warum ist sie so schrecklich niedergeschlagen?«

»Das ist sie nicht!«, erwiderte ich lachend.

Meine arme Freundin wunderte sich. »Was führt sie denn dann im Schilde?«

»Sie geht mit Ihrem Sohn spazieren.«

Mrs. Nettlepoint schwieg einen Moment, dann erfreute sie mich mit einer weiteren falschen Schlussfolgerung: »Ach, sie ist grässlich!«

»Nein, sie ist bezaubernd!«, protestierte ich.

»Sie meinen, sie ist ›eigenartig‹?«

»Nun, das ist für mich dasselbe!«

Was meine Freundin natürlich erneut zu der Behauptung führte, ich sei kaltblütig. Am folgenden Nachmittag unterhielten wir uns weiter, und sie erzählte mir, dass Miss Mavis ihr am Morgen einen langen Besuch abgestattet hatte. Sie sei völlig ahnungslos, das arme Kind, aber ihre Absichten seien gut, und sie halte sich offenkundig selbst für gewissenhaft und anständig. Mrs. Nettlepoint schloss diese Bemerkungen mit dem Seufzer: »Unglückselige Person!«

»Sie meinen also, man sollte sie regelrecht bedauern?«

»Nun, ihre Geschichte hört sich trübselig an – sie hat mir einiges über sich erzählt. Sie kam allmählich ins Plaudern, und eine Angelegenheit führte zur nächsten. In ihrer Lage kann ein Mädchen gar nicht anders – sie *muss* sich einer anderen Frau öffnen.«

»Hat sie nicht Jasper?«, fragte ich.

»Er ist keine Frau. Sie scheinen eifersüchtig auf ihn zu sein«, fügte meine Gefährtin hinzu.

»Ich nehme an, dass *er* das glaubt – oder über kurz oder lang glauben wird. Welch ein Jammer – welch ein Jammer!« Und ich fragte Mrs. Nettlepoint, ob sie unsere junge Dame, gewagt ausgedrückt, für kokett halte. Sie antwortete mir nicht, fuhr aber mit der Bemerkung fort, dass sie es eigentümlich und interessant finde, auf welche Weise ein Mädchen wie Grace Mavis denen ähnelte, die sie besser kannte, den Mädchen der »Gesellschaft«, und sich gleichzeitig von ihnen unterschied, und dass sich die Unterschiede und Ähnlichkeiten derart vermischten, dass man in manchen Punkten nicht wisse, wie man sie einschätzen solle. Man glaube, sie empfinde wie man selbst, weil man das so bei ihr beobachtet hat, und dann plötzlich, bei einer anderen Gelegenheit – eigentlich fast derselben –, zeige sie sich vollkommen unverständig. Mrs. Nettlepoint meinte des Weiteren – zu solch müßigen Spekulationen verleiten die tatenlosen Stunden auf See –, dass sie sich gefragt habe, ob es besser wäre, ein gewöhnliches, sehr gut erzogenes Mädchen zu sein oder ein außergewöhnliches Mädchen ohne jede Erziehung.

»Also ich bin unter allen Umständen für das außergewöhnliche Mädchen.«

»Aber wenn man *sehr* gut erzogen wurde, dann ist man nicht, dann kann man nicht gewöhnlich sein«, sagte Mrs. Nettlepoint und schnupperte an ihrem Riechsalz. »Man ist auf jeden Fall eine Dame.«

»Und Miss Mavis ist davon fünfzig Meilen weit entfernt – wollen Sie das damit sagen?«

»Na – Sie haben ihre Mutter gesehen.«

»Ja, aber ich glaube, Sie würden behaupten, dass bei solchen Leuten die Mutter nicht zählt.«

»Genau, und das ist schlecht.«

»Ich verstehe, was Sie meinen. Aber ist das nicht ziemlich hart? Wenn die Mutter völlig ahnungslos ist, dann sollte man lieber unabhängig von ihr sein, und wenn man es ist, macht es einen schlechten Eindruck.« Ich fügte hinzu, dass Mrs. Mavis vorgestern Abend hinreichend gezählt habe. Sie habe alles Nötige gesagt und getan, während das Mädchen schweigend und respektvoll dagesessen habe. Grace' Benehmen, zumindest ihrer Mutter gegenüber, sei hochanständig gewesen.

»Ja, aber sie hat sich ihretwegen ›gewunden‹«, sagte Mrs. Nettlepoint.

»Ach, wenn Sie es ohnehin wissen, kann ich ja zugeben, dass sie mir genau das gesagt hat.«

Meine Freundin starrte mich an. »*Ihnen* das gesagt? Da haben Sie eine ihrer typischen Verhaltensweisen!«

»Na ja, es waren nur wenige Worte. Wollen Sie mir nicht verraten, ob Sie sie für kokett halten?«

»Finden Sie es selbst heraus – das ist besser, als eine andere Frau zu fragen, insbesondere wenn Sie vorgeben, Menschen zu studieren.«

»Ihr Urteil würde meines wahrscheinlich gar nicht beeinflussen. Mich interessiert, welche Bedeutung es für *Sie* hat.« Diese Äußerung verlangte jedoch nach einer Erklärung, so dass ich gebührend aufrichtig war und zugab, neugierig zu sein, wie weit mütterliche Unmoral ging.

Zunächst wiederholt sie nur meine Worte. »Mütterliche Unmoral?«

»Sie gönnen Ihrem Sohn auf dieser Reise jede erdenkliche Zerstreuung, und wenn Sie sich im Sinne meiner Anspielung gedanklich darauf einstellen, dann wird das alles rechtfertigen. Er wird nicht zur Verantwortung gezogen werden.«

»Himmel, wie Sie alles zerpflücken!«, rief sie. »Ich teile nicht im Geringsten Ihre Leidenschaft, sich den Kopf zu zerbrechen.«

»Wenn Sie es also darauf ankommen lassen«, erwiderte ich, »werden Sie noch unmoralischer sein.«

»Sie haben merkwürdige Gedankengänge«, sagte Mrs. Nettlepoint, »zumal Sie es waren, der mir gestern einreden wollte, dass sie ihn gebeten hat mitzukommen.«

»Ja, aber mit guten Absichten.«

»Was wollen Sie denn unter diesen Umständen damit sagen?«

»Nun, wie sich solche Mädchen nun einmal benehmen«, erläuterte ich. »Ihre Nachsicht und ihre Toleranz sind in derlei Angelegenheiten viel größer als die, wie Sie sagen, junger Menschen, die eine *gute* Erziehung genossen haben. Dennoch bin ich mir nicht sicher, ob ich sie deshalb alles in allem nicht für unschuldiger halte. Miss Mavis ist verlobt, sie soll nächste Woche heiraten, aber es ist eine uralte Geschichte und hat für sie nichts Romantischeres, als wenn sie sich fotografieren ließe. So geht ihr normales Leben weiter, und ihr normales Leben besteht darin – so wie das von *ces demoiselles* im Allgemeinen –, die Gesellschaft zahlreicher Gentlemen zu genießen. Natürlich auf eine harmlose Art und Weise.«

Mrs. Nettlepoint hatte mir aufmerksam zugehört. »Nun, wenn es harmlos ist, wovon sprechen Sie dann, und warum bin ich unmoralisch?«

Ich zögerte lachend. »Das nehme ich zurück – Sie sind vernünftig und von gesundem Urteilsvermögen. Ich bin mir sicher, sie glaubt, dass es niemandem schadet«, fügte ich hinzu. »Das ist der springende Punkt.«

»Der springende Punkt?«

»Ich meine, was es zu klären gilt.«

»Grundgütiger, wir können sie doch nicht vor Gericht stellen!«, rief meine Freundin. »Wie können *wir* es klären?«

»Ich meine natürlich, dass wir es heimlich herausfinden werden. Während der nächsten zehn Tage wird es keine interessantere Übung geben, um unseren Verstand zu schärfen.«

»Unser Verstand wird dessen bald schrecklich überdrüssig sein«, sagte Mrs. Nettlepoint.

»Nein, nein – denn das Interesse wird zunehmen und die Geschichte immer verwickelter werden. Es kann einfach *nicht* langweilig werden«, beharrte ich. Sie sah mich an, als hielte sie mich für schlimmer als Mephistopheles, und ich kam auf etwas zurück, was sie kürzlich erwähnt hatte. »Sie hat Ihnen also erzählt, ihr Leben sei vollkommen trübselig?«

»Nicht vollkommen, aber größtenteils. Und ich habe es eher geschlussfolgert, als dass sie es ausdrücklich gesagt hätte. Das nächste Mal erzählt sie mir mehr. Sie wird sich nun anständig benehmen und mich oft besuchen. Ich sagte ihr, dass sie das tun sollte.«

»Das freut mich«, sagte ich. »Sie soll Ihnen nur so oft wie möglich Gesellschaft leisten.«

»Ich kann Ihnen nicht ganz folgen«, erwiderte Mrs. Nettlepoint. »Soweit ich es aber kann, zeugen Ihre Bemerkungen von einem recht fragwürdigen Geschmack.«

»Nun, ich bin zu aufgeregt, ich verliere meinen Kopf in

dieser Disziplin«, musste ich zugeben, »zumal Sie mich für so kaltblütig halten. Hat sie Mr. Porterfield nicht gern?«

»Ja, das ist das Schlimmste.«

Ich brachte sie immer wieder dazu, große Augen zu machen. »Das Schlimmste?«

»Er ist anständig – man kann keinen Makel an ihm entdecken. Sonst hätte sie das Ganze gelöst. Es zieht sich hin, seit sie achtzehn war: Sie wurde seine Verlobte, bevor er nach Übersee ging, um zu studieren. Es war einer jener sehr jugendlichen und völlig unnötigen Fehler, die Eltern in Amerika viel öfter verhindern sollten, als sie es tun. Die Hauptsache ist, darauf zu bestehen, dass die Tochter wartet und die Verlobungszeit lang ist. Dann, wenn der Anfang gemacht ist, schenkt man der Angelegenheit so wenig Beachtung wie möglich – damit sie verkümmert. Man kann sie ganz leicht sterbenslangweilig werden lassen«, bemerkte Mrs. Nettlepoint fachkundig. »Mr. Porterfield«, schloss sie, »hat diese Sache jedoch einige Jahre lang ernst genommen. Er hat seinen Teil dazu beigetragen, sie am Leben zu erhalten. Sie sagt, er vergöttere sie.«

»Seinen Teil beigetragen? Sein Teil wäre doch gewiss gewesen, sie inzwischen zu heiraten.«

»Er hat absolut kein Geld.« Meine Freundin war sich dieses Umstands noch sicherer, als ich es gewesen war.

»In sieben Jahren hätte er einiges verdienen können«, überlegte ich laut.

»Ich glaube, sie ist derselben Meinung. Mancherlei

Hilflosigkeiten sind verachtenswert. Es hat sich jedoch eine kleine Veränderung ergeben. Deswegen will er auch nicht länger warten. Seine Mutter hat damit zu tun, sie hat Vermögen – ein kleines – und kann ihn unterstützen. Sie wird mit ihnen zusammenleben und einige der Kosten abdecken, und nach ihrem Tod wird der Sohn bekommen, was übrig ist.«

»Wie alt ist sie?«, fragte ich zynisch.

»Das weiß ich wirklich nicht. Aber er kommt dabei nicht sonderlich heldenhaft weg – und ist keine Inspiration für unsere Freundin hier. Er war nicht mehr in Amerika, seit er das erste Mal fortging.«

»Eine seltsame Art, sie zu vergöttern«, bemerkte ich.

»Dieser Einwand ging mir auch durch den Kopf, aber ich habe ihn ihr gegenüber nicht ausgesprochen. Sie widerlegte ihn dann tatsächlich ein wenig, indem sie mir erzählte, er habe andere Möglichkeiten gehabt, sich zu vermählen.«

»Das überrascht mich«, bemerkte ich. »Aber sagte sie auch etwas davon«, fragte ich, »dass *sie* welche hatte?«

»Nein, und das ist eines der Dinge, die ich an ihr schätze, denn sie muss welche gehabt haben. Sie versuchte nicht, es so darzustellen, als hätte er ihr Leben zerstört. Sie hat drei Schwestern, und die Familie verfügt über so gut wie kein Vermögen. Sie hat sich bemüht, etwas zu verdienen, hat Kleinigkeiten geschrieben und Kleinigkeiten gemalt – es müssen furchtbare Kleinigkeiten gewesen sein, so schlecht, man will es sich gar nicht vorstellen. Ihr Vater war lange krank und hat seine Stellung verloren – er war bei irgendeinem Wasserwerk angestellt –, und eine ihrer Schwestern ist seit kurzem verwitwet, mit Kindern und mittellos. Und so, da sie nun niemand anders geheiratet hat, Gelegenheiten hin oder her, scheint sie entschlossen, Mr. Porterfield, das geringste ihrer Übel, zu wählen. Aber sehr amüsant ist das nicht.«

»Nun«, urteilte ich schließlich, »das macht ihre Tat nur umso ehrenvoller. Sie bringt es lieber zu Ende, koste es, was es wolle, als ihn nach einer so langen Wartezeit zu enttäuschen. Es trifft zu«, fuhr ich fort, »dass eine Frau, wenn sie aus Ehrgefühl handelt …«

»Ja was, was ist dann?«, fragte Mrs. Nettlepoint, denn ich zögerte merklich.

»Sie übertreibt oft maßlos, und das kommt jemandem teuer zu stehen.«

»Sie sind wirklich unverschämt. Wir müssen alle immerzu bezahlen, sowohl für die Tugenden wie die Laster der anderen.«

»Eben deswegen werde ich Mr. Porterfield bedauern, wenn sie mit ihrer kleinen Rechnung von Bord geht. Ich meine, mit zusammengebissenen Zähnen.«

»Sie beißt die Zähne überhaupt nicht zusammen. Sie ist ganz gefasst.« – Mrs. Nettlepoint konnte sich dafür verbürgen.

»Nun, wir müssen alles versuchen, damit es so bleibt«,

sagte ich. »Sie müssen darauf achten, dass Jasper keine Unachtsamkeiten begeht.«

Ich konnte nur vermuten, welche Gedankenkette diese harmlose Nettigkeit bei der guten Dame ausgelöst hatte, am Ende kam sie jedenfalls zu dem folgenden Schluss: »Also ich habe sie nie gebeten, sich uns anzuschließen. Darüber bin ich sehr froh. Die Verantwortung tragen sie allein.«

»Die Verantwortung tragen sie – Sie meinen Jasper und sie?«

»Aber nein. Ich meine ihre Mutter und Mrs. Allen und natürlich auch das Mädchen. Sie haben sich uns gewaltsam aufgedrängt.«

»O ja, das kann ich bezeugen, und darüber bin ich ebenfalls froh. Ich glaube, dieser Kelch wäre sonst an uns vorübergegangen.«

»Sie nehmen das so ernst!«, rief Mrs. Nettlepoint belustigt.

»Ach, warten Sie ein paar Tage!« – und ich erhob mich und ließ sie allein.

Kapitel III

Die *Patagonia* war langsam, aber geräumig und bequem, und ihr gemächliches wiegendes Schaukeln und ihre brausende altmodische Gangart, das mannigfaltige Rauschen des Kielwassers wie von tausend schicklichen Unterröcken zeugten von mütterlichem Anstand. Es schien, als wollte sie keinesfalls mit dem nassforschen Eifer eines jungen Dings im Hafen einlaufen. Wir waren zu wenige, um einander auf die Füße zu treten, doch nicht *so* wenige, um einander beizustehen – mit jener Vertraulichkeit und Leichtigkeit, die Personen und Gegenstände auf der großen leeren Weite des Ozeans und unter dem großen hellen Glas des Himmels annehmen. Ich hatte das Meer nie zuvor so inniglich geliebt, eigentlich hatte ich es nie gemocht, doch nun wurde offenbar, wie angenehm es sich in einer mittsommerlichen Stimmung ausnahm. Es war dunkel und herrlich blau und unerschütterlich still – bis auf das große regelmäßige Anschwellen seiner Herzschläge, dem Puls seines Lebens, und aus dem Dahintreiben in unendlicher Isolation und Muße erwuchs etwas so Freundliches, dass die Langsamkeit der *Patagonia* ein wahrhaftiger Segen war. Niemand wäre je auf die Idee gekommen, das Meer als vollkommenen Ort der Geborgenheit zu betrachten, doch nun schien es so, als könnte kein anderer gleichermaßen Sicherheit vor den Gefahren des Landes bieten. Da er keine Sorgen bereitet, nimmt er sie – nimmt einem die Briefe und Telegramme und Tageszeitungen und Besuche und Pflichten und Mühen, all die vertrackten und überflüssigen und abergläubischen Bürden, mit denen wir unser Leben an Land belastet haben. Die schlichte Abwesenheit des Briefträgers, während die besonderen Bedingungen einen die weite Wirklichkeit, in der die Briefe hervorgebracht werden, gleichzeitig genießen lassen, entpuppt sich als ein regelrechtes Geschenk des Himmels, und die sauberen Planken des Decks verwandeln sich in Bühnenbretter eines amüsanten Schauspiels, des menschlichen Dramas der Reise, der Bewegung und Interaktion im grellen Licht der See, von Personen, die lediglich eine Rolle spielen – und etwas darstellen, was nicht einmal in den aufregendsten Momenten so interessant ist, als dass man nicht nebenbei einschlummern darf. Ich zumindest döste bis zur Maßlosigkeit, auf meiner Decke ausgestreckt mit einem französischen Roman, und wenn ich meine Augen öffnete, sah ich für gewöhnlich Jasper Nettlepoint mit der jungen Frau, die der Obhut seiner Mutter anvertraut worden war, an seinem Arm vorbeigehen. In diesen Momenten zwischen Schlafen und Wachen meinte ich widersinnigerweise, dass mein französischer Roman sie in Bewegung versetzt hatte. Vielleicht weil ich mich von Anfang an der Täuschung hingegeben hatte, Grace Mavis als quasi verheiratete Frau anzusehen, was, wie jedermann weiß, der unverzichtbare Rang der Heldin eines solchen Werkes ist. Jede weitere Drehung unserer Schiffsschraube würde jedenfalls dazu beitragen, sie zu einer solchen zu machen.

Im Salon während der Mahlzeiten war meine Tischnachbarin zur Rechten eine gewisse kleine Mrs. Peck, eine gedrungene und rundliche Person, deren Kopf von einer »Wolke« (einer Wolke aus schmutzig weißer Wolle) umhüllt wurde und die mich unvermittelt wissen ließ, dass sie wegen der Erziehung ihrer Kinder nach Europa reiste. Ich hatte – eine Stunde nachdem wir in See gestochen waren – bereits bemerkt, dass in deren Interesse einige energische Maßnahmen nötig wären, doch da wir Europa noch nicht erreicht hatten, wurde die Bußübung der vier kleinen Pecks vertagt. Sie erfreuten sich uneingeschränkter Freiheiten und schwärmten im Schiff umher, als seien sie Piraten, die es geentert hatten, und ihre Mutter war so machtlos, ihre Ausgelassenheit zu zügeln, als hätte man sie gefesselt und geknebelt im Frachtraum verstaut. Man konnte sich garantiert darauf verlassen, dass sie zwischen den Beinen der Stewards hindurchsprangen, wenn diese Dienstboten mit Suppenschüsseln für die ermatteten Damen erschienen. Ihre Mutter war zu sehr damit beschäftigt, den Mitreisenden all die Jahre vorzuzählen, die Miss Mavis bereits verlobt war. In der Leere unseres gemeinsamen Losgelöstseins wurden Dinge, die niemanden etwas angingen, bald zum allgemeinen Gesprächsstoff, und dies war nur einer jener Fakten, die mit rätselhafter und lächerlicher Geschwindigkeit die Runde machten. Das Flüstern, das sie weiterträgt, ist unbedeutend, betrachtet im großen Maßstab von Wind und Raum und Zeit, aber es ist auch zuverlässig, denn es gibt weder Presse noch Podium, welche die Sprecher für ihre Worte verantwortlich machen würden. Zudem ist eine Wiederholung auf See eigentlich keine Wiederholung, Monotonie liegt in der Luft, der

Geist stumpft ab, und alles kehrt wieder – die Glocken-schläge, die Mahlzeiten, die Gesichter der Stewards, das Umhertollen der Kinder, der Spaziergang, die Kleider, so-gar die Schuhe und Knöpfe der Passagiere, die ihren Rundgang machen. Diese Dinge wirken mit einem Mal so nebensächlich und öde, dass als Ausgleich die Schlaglich-ter auf das Privatleben der anderen Passagiere an die Stelle des freundlichen Flackerns im heimischen Herd treten.

Jasper Nettlepoint saß zu meiner Linken, wenn er nicht oben war, um sich an Deck um einen bequemen Ruheplatz für Miss Mavis zu kümmern. Der Platz seiner Mutter wäre neben meinem gewesen, wenn sie sich denn gezeigt hätte, und daneben der der jungen Dame in ihrer Obhut. Mit anderen Worten, diese Gefährten hätten zwischen uns gesessen, wobei Jasper der Außenposten der Gesell-schaft auf dieser Seite zugekommen wäre. Am ersten Tag war Miss Mavis zum Mittagessen erschienen, doch das Abendessen wurde serviert und abgetragen, ohne dass sie auftauchte, und als es zur Hälfte vorüber war, meinte Jas-per, er wolle hinaufgehen und nach ihr sehen.

»Kommt denn die junge Dame nicht – die beim Mit-tagessen hier war?«, fragte mich Mrs. Peck, als er den Salon verließ.

»Offensichtlich nicht. Meine Bekannte sagte mir, dass ihr der Salon nicht zusage.«

»Damit wollen Sie doch nicht sagen, dass sie seekrank ist, oder?«

»O nein, nicht bei diesem Wetter. Aber sie ist gern an Deck.«

»Und ist dieser Gentleman auf dem Weg zu ihr?«

»Ja, sie reist in der Obhut seiner Mutter.«

»Ist denn seine Mutter auch dort oben?«, fragte Mrs. Peck, deren Verhörmethoden einfach und direkt waren.

»Nein, sie bleibt in ihrer Kabine. Die Vorlieben der Leute sind verschieden. Das ist vielleicht einer der Gründe, warum Miss Mavis nicht bei Tisch erscheint«, fügte ich hinzu, »weil ihre Anstandsdame sie nicht begleiten kann.«

»Ihre Anstandsdame?«, echote meine Mitreisende.

»Mrs. Nettlepoint – die Dame unter deren Schutz sie derzeit steht.«

»Schutz?« Mrs. Peck warf mir einen kurzen Blick zu, während sie einen gewichtigen Bissen im Mund umherschob. Dann rief sie ungezwungen: »Pah!« Das versetzte mich in Erstaunen, und gerade wollte ich sie fragen, was sie damit meinte, als sie fortfuhr: »Werden wir Mrs. Nettlepoint nicht zu sehen bekommen?«

»Ich fürchte, nein. Sie schwört, dass sie sich nicht von ihrem Sofa fortbewegen wird.«

»Pah!«, wiederholte Mrs. Peck. »Das ist ziemlich enttäuschend.«

»Sie kennen sie also?«

»Nein, aber ich weiß alles über sie.« Dann fügte meine Tischnachbarin hinzu: »Sie wollen doch nicht sagen, sie sei wirklich eine Verwandte?«

»Von mir, meinen Sie?«

»Nein, von Grace Mavis.«

»Nein, keineswegs. Sie sind erst seit kurzem befreundet, wie ich zufällig weiß. Sie sind also mit unserer jungen Dame bekannt?« Beim Mittagessen war mir keinerlei Wortwechsel zwischen den beiden aufgefallen, der auf ein Wiedererkennen hingedeutet hätte.

»Ist sie auch Ihre junge Dame?«, fragte Mrs. Peck bedeutungsvoll.

»Ach, wenn Leute im selben Boot sitzen – buchstäblich –, dann gehören sie ein klein wenig zueinander.«

»Richtig«, sagte Mrs. Peck. »Ich kenne Miss Mavis nicht, aber ich weiß alles über sie – ich wohne ihr gegenüber in der Merrimac Avenue. Ich weiß nicht, ob sie diesen Stadtteil kennen.«

»O ja – es ist ausgesprochen schön dort.«

Diese Bemerkung löste ein weiteres »Pah!« aus. Doch Mrs. Peck fuhr fort: »Wenn man lange Zeit jemandem gegenüberwohnt, dann glaubt man, einige Ansprüche stellen zu können – mitgefangen, mitgehangen! Aber sie hat sich heute nicht darauf eingelassen. Sie hat nicht mit mir gesprochen. Sie kennt mich ebenso gut wie ihre eigene Mutter.«

»Sie hätten sie einfach von sich aus ansprechen sollen – sie ist von Natur aus schüchtern«, bemerkte ich.

»Schüchtern? Sie ist von Natur aus grob! Außerdem ist sie dreißig Jahre alt«, rief meine Nachbarin. »Ich vermute, Sie kennen das Ziel ihrer Reise?«

»O ja – das scheint uns alle zu interessieren.«

»Insbesondere wohl jenen jungen Mann.« Und als ich so tat, als würde ich nicht verstehen, setzte sie nach: »Den Gutaussehenden, der *hier* sitzt. Sagten Sie nicht, er sei Mrs. Nettlepoints Sohn?«

»Ja, ja – er vertritt sie. Zweifellos tut er alles, was möglich ist, um ihre Aufgabe auszufüllen.«

Mrs. Peck grübelte kurz. Ich hatte scherzhaft gesprochen, aber sie nahm es ernst. »Sie könnte ihm wenigstens beim Abendessen eine Auszeit gönnen!«, bemerkte sie bald darauf.

»Er wird schon zurückkommen!«, sagte ich mit einem Blick auf seinen Platz. Die Mahlzeit wurde fortgesetzt, und als sie beendet war, drehte ich meinen Stuhl herum, um den Tisch zu verlassen. Mrs. Peck machte dieselbe Bewegung, und wir verließen gemeinsam den Salon. Es schloss sich das übliche, mit einigen Sitzgelegenheiten versehene Vestibül an, von dem aus man zu den darunterliegenden Kabinen hinabgehen oder zum Promenadendeck hinaufsteigen konnte. Mrs. Peck schien unentschlossen, welchen Kurs sie einschlagen sollte, und löste dann das Problem, indem sie blieb, wo sie war. Sie ließ sich auf eine der Bänke fallen und sah zu mir auf.

»Hatten Sie nicht gesagt, er würde zurückkommen?«

»Der junge Nettlepoint? Ja, ich habe bemerkt, dass er nicht gekommen ist. Miss Mavis hat ihm demnach die Hälfte ihres Abendbrots abgegeben.«

»Wie freundlich von ihr! Sie war die Hälfte ihres Lebens verlobt.«

»Ja, aber das wird bald Vergangenheit sein.«

»Das nehme ich auch an – kaum dass wir an Land gegangen sind. In der Merrimac Avenue weiß das jeder«, fuhr Mrs. Peck fort. »Dort interessiert sich jeder dafür.«

»Ach, natürlich – ein Mädchen wie sie hat viele Freunde.«

Doch meine Informantin wollte auf etwas anderes hinaus. »Ich meine, sogar Personen, die sie nicht kennen.«

»Ich verstehe«, fuhr ich fort. »Sie ist so hübsch, dass sie Aufmerksamkeit erregt – die Leute mischen sich in ihre Angelegenheiten ein.«

Mrs. Pecks Antwort klang, als käme sie aus der Kommandozentrale jener Leute. »*Früher* war sie hübsch, aber heutzutage halte ich sie für alles andere als bemerkenswert. Jedenfalls sollte sie umso mehr darauf achten, was sie tut, da sie Aufmerksamkeit erregt. Das sollten sie ihr lieber sagen.«

»Oh, das geht mich nichts an!«, ließ ich leichtfertig fallen, verließ die grässliche kleine Frau und ging nach oben. Zugegeben, diese Bekundung entsprach nicht wirklich meiner Auffassung, oder meine Auffassung harmonierte nicht unbedingt mit meiner Behauptung. Als ich das Deck erreichte, war mein allererster Eindruck von Miss Mavis, die an Jasper Nettlepoints Arm spazieren ging, dass sie immer noch genug Schönheit besaß, um Blicke auf sich zu ziehen, gleich, wie viel sie davon nach Mrs. Pecks Andeutung bereits eingebüßt haben mochte. Sie trug eine karmesinrote Haube, die ihr sehr gut stand und die sie während der restlichen Überfahrt nicht mehr ablegte. Sie hatte einen eleganten Gang mit großen Schritten, und ich erinnere mich, dass es in diesem Moment eine sanfte Abenddünung gab, die das große Schiff sacht und rhythmisch schaukeln ließ und die Bewegungen der anmutigen Fußgänger noch anmutiger machte, während jene der unbeholfenen noch unbeholfener wirkten. Es war die wundervollste Stunde eines schönen Tages, der heitere frühe Abend, mit der Glut der untergehenden Sonne am Himmel und einer Purpurfarbe auf den Tiefen. Es war mir stets gegenwärtig, dass so die Meere ausgesehen haben müssen, die von den Helden Homers durchpflügt wurden. Bei dieser besonderen Gelegenheit wurde mir zudem bewusst, das Miss Mavis während der restlichen Reise das sichtbarste Wesen weit und breit sein würde, die Person, die in den Konstellationen der Passagiere an Bord am meisten zählte. Sie konnte nichts dafür, das arme Mädchen. Die Natur hatte sie auffällig sein lassen – wichtig, wie es die Kunstmaler nennen. Sie bezahlte dafür mit der entsprechenden Exponiertheit, der Gefahr, dass sich andere, wie ich Mrs. Peck gegenüber erwähnt hatte, in ihre Angelegenheiten mischten.

Jasper Nettlepoint ging zu festen Uhrzeiten nach unten, um seine Mutter aufzusuchen, und ich lauerte auf eine dieser Gelegenheiten – am dritten Tag auf See – und nutzte sie, um auf Miss Mavis zuzugehen und mich zu ihr zu setzen. Sie trug einen tief ins Gesicht gezogenen hellblauen Schleier. Wenn also das Lächeln, mit dem sie mich begrüßte, nicht allzu strahlend war, konnte ich es zum Teil diesem Umstand anlasten.

»Nun, wir kommen voran – wir kommen voran«, sagte ich fröhlich und blickte auf das freundlich blinzelnde Meer.

»Sind wir sehr schnell?«

»Nicht schnell, aber stetig. *Ohne Hast, ohne Rast* – sprechen Sie Deutsch?«

»Nun, ich hatte Unterricht – ein wenig.«

»Es wird Ihnen drüben nützlich sein, wenn Sie reisen.«

»Nun ja, falls wir reisen. Ich glaube aber nicht, dass das oft der Fall sein wird. Mr. Nettlepoint meint, dass wir es tun sollten«, fügte meine junge Frau einen Moment später hinzu.

»Ach, natürlich denkt *er* das. Er hat die ganze Welt bereist.«

»Ja, er hat mir einige der Orte beschrieben. Sie müssen wundervoll sein. Ich hätte nicht gedacht, dass es mir so gut gefallen würde.«

»Dabei sind wir noch nicht einmal in Europa!«, lachte ich.

Nun, dieser Umstand kümmerte sie nicht im Geringsten. »Ich meine, auf diese Art zu reisen. Es könnte immer so weitergehen – für immer und ewig.«

»Ach, wissen Sie, es ist nicht immer so angenehm«, erwähnte ich hastig.

»Nun, es ist besser als Boston.«

»Es ist nicht so gut wie Paris«, bemerkte ich bedeutungsvoll.

»Über Paris weiß ich alles. Da gibt es nichts Neues mehr. Mir kommt es so vor, als wäre ich die ganze Zeit dort gewesen.«

»Sie meinen, Sie haben so viel davon gehört?«

»O ja, seit zehn Jahren nichts anderes.«

Ich hatte das Gespräch mit Miss Mavis begonnen, weil sie attraktiv war, war mir aber deutlich bewusst gewesen, dass es an einem guten Thema mangelte, da ich mich nicht berechtigt fühlte, auf Mr. Porterfield zurückzukommen. Bei unserem Gespräch, als wir aus Boston ausliefen, hatte sie mich nicht ermutigt, mit meiner Geschichte über meine Bekanntschaft mit diesem Gentleman fortzufahren. Doch nun schien sie überraschenderweise anzudeuten – es handelte sich zweifellos um eine der Ungereimtheiten, die Mrs. Nettlepoint erwähnt hatte –, dass man einen Blick auf ihn werfen könnte, ohne taktlos zu sein.

»Ich verstehe – Sie meinen in Briefen«, bemerkte ich.

»Wir werden in keinem guten Bezirk wohnen. Ich weiß genug, um mir dessen sicher zu sein«, fuhr sie fort.

»Nun, es gibt dort allerdings auch keine wirklich schlechten«, beteuerte ich.

»Mr. Nettlepoint sagt, es sei richtig übel.«

»Und auf was bezieht er diese Bemerkung?«

Sie warf mir einen kurzen Blick zu, als wären meine Worte überheblich gewesen, aber sie beantwortete meine Frage. »Oben in Batignolles. Mir kommt es so vor, als wäre es schlimmer als die Merrimac Avenue.«

»Schlimmer – inwiefern?«

»Nun, es ist noch weiter von dem Ort entfernt, wo die netten Leute wohnen.«

»Das hätte er nicht sagen sollen«, erwiderte ich. Und ich wagte, noch einen Schritt weiterzugehen. »Würden Sie Mr. Porterfield nicht als netten Menschen bezeichnen?«

»Ach, das macht keinen Unterschied.« Sie betrachtete mich erneut einen Moment lang durch ihren Schleier, dessen Stoff die Schönheit ihres Blicks noch unterstrich. »Kennen Sie ihn ein klein wenig?«, fragte sie.

»Mr. Porterfield?«

»Nein, Mr. Nettlepoint.«

»Ja, nur ein kleines bisschen. Wissen Sie, er ist um einiges jünger als ich.«

Sie verfiel abermals in Schweigen, fast als hätte ich mich erneut überheblich gezeigt, doch dann fuhr sie fort: »Er ist auch jünger als ich.« Ich weiß nicht, was daran komisch hätte sein sollen, aber diese Erwiderung kam unerwartet und brachte mich zum Lachen. Auch wusste ich nicht, ob mir Miss Mavis wegen meiner Reaktion auf diese Äußerung böse war, obwohl ich mich, wenn ich reumütig an diesen Moment zurückdenke, daran erinnere, dass sich ihre Wangen röteten. Jedenfalls stand sie auf, raffte ihr Schultertuch zusammen und klemmte sich ihre Bücher unter den Arm. »Ich gehe nach unten – ich bin müde.«

»Ich fürchte, ich habe Sie ermüdet.«

»Nein, noch nicht.«

»Mir geht es wie Ihnen«, gab ich zu. »Ich würde gern für immer und ewig so weiterfahren.«

Sie machte sich auf den Weg Richtung Treppe zu den Kajüten und ging das Deck entlang. Ich begleitete sie. »Nun, ich glaube, *ich* würde lieber doch nicht!«

Ich hatte ihr das Schultertuch abgenommen, um es für sie zu tragen, doch am oberen Ende der Treppe, die nach unten zu den Kabinen führte, musste ich es ihr zurückgeben. »Ihre Mutter wäre froh darüber, wenn sie es wüsste«, entgegnete ich, als wir auseinandergingen.

Doch sie war immun gegen meinen Charme. »Wenn sie was wüsste?«

»Wie gut Sie zurechtkommen.« Ich wollte mich nicht entmutigen lassen. »Und die gute Mrs. Allen.«

»Oh, Mutter, Mutter! Sie hat mich gedrängt, sie hat mich verstoßen.« Und sie ging rasch hinunter, fast als wolle sie jedes weitere Wort verhindern.

Ich stattete Mrs. Nettlepoint nach dem Frühstück einen morgendlichen Besuch ab und einen weiteren abends, bevor sie sich »zurückzog«. Am Abend desselben Tages

65

sagte sie plötzlich zu mir: »Wissen Sie, was ich getan habe? Ich habe Jasper gefragt.«

»Was denn?«

»Nun, ob *sie* ihn gefragt hat, verstehen Sie.«

Ich tat überrascht. »*Sollte* ich verstehen?«

»Wenn nicht, liegt es daran, dass Sie ›üblicherweise‹ nichts verstehen, das sind ihre Worte. Ob das Mädchen – auf dem Balkon – ihn wirklich gebeten hat, mit an Bord zu gehen.«

»Meine Liebe, glauben Sie denn, dass er es Ihnen sagen würde, wenn sie es getan hätte?«

Sie musste meinen Scharfsinn zur Kenntnis nehmen. »Das sind genau seine Worte. Aber er sagt, sie habe nicht gefragt.«

»Und halten Sie die Bemerkung für nützlich?«, fragte ich lachend. »Sie sollten lieber Ihre junge Freundin persönlich fragen.«

Mrs. Nettlepoint machte große Augen. »Das könnte ich nicht tun.«

Darüber lachte ich noch mehr, so dass ich erklären musste, ich sei amüsiert. »Was soll das nun bedeuten?«

»Ich dachte, Sie hielten alles für bedeutsam. Sie quollen förmlich über vor Bedeutsamkeit!«, rief sie.

»Ja, aber nun sind wir weiter draußen, und mitten auf dem Ozean wird irgendwie alles absolut.«

»Was *kann* er überhaupt noch mit Anstand tun?«, fuhr Mrs. Nettlepoint fort. »Wenn er, als mein Sohn, nie ein

Wort mit ihr wechseln würde, wäre das sehr grob, und Sie würden es noch viel seltsamer finden. Dann würden *Sie* tun, was er tut, und worin läge dann bitte der Unterschied?«

»Woher wissen Sie, was er tut? Ich habe ihn seit vierundzwanzig Stunden nicht mehr erwähnt.«

»Na, sie hat es mir selbst erzählt. Sie kam heute Nachmittag vorbei.«

»Wie eigenartig, mit Ihnen über ihn zu reden!«, bemerkte ich kritisch.

»Nicht, wie sie es getan hat. Sie sagte, er sei stets aufmerksam, ganz und gar hingebungsvoll – kümmere sich unablässig um sie. Sie scheint zu wollen, dass ich Bescheid weiß, damit ich ihm meine Zustimmung geben kann.«

»Wie bezaubernd. Das beweist ihr reines Gewissen.«

»Ja oder ihre Gerissenheit.«

Etwas in dem Ton, in dem Mrs. Nettlepoint dies äußerte, veranlasste mich, ernstlich überrascht zu erwidern: »Aber was, glauben sie, führt sie im Schilde?«

»Ihn sich unter den Nagel zu reißen, ihn dazu zu bringen, so weit zu gehen, dass es kein Zurück mehr gibt. Ihn womöglich zu heiraten.«

»Ihn zu heiraten? Und was wird sie mit Mr. Porterfield machen?«

»Sie wird mich – oder vielleicht auch Sie – bitten, es ihm schonend beizubringen.«

»Ja, als ein alter Freund« – und einen Augenblick lang

kam es mir auf unangenehme Weise möglich vor. Aber ich fragte sie ernst: »Glauben Sie, dass Jasper auf diese Weise umgarnt werden kann?«

»Na, er ist noch ein Junge – zumindest ist er jünger als sie.«

»Genau, sie betrachtet ihn als ein Kind. Sie hat es mir heute selbst gesagt, das heißt, dass er so viel jünger ist.«

Mrs. Nettlepoint horchte auf. »Redet sie mit Ihnen darüber? Das beweist, dass sie einen Plan hat, dass sie es durchdacht hat!«

Ich habe – um meine Anekdote interessanter zu machen – hinreichend zum Ausdruck gebracht, dass eine unserer beiden jungen Mitreisenden etwas Merkwürdiges an sich hatte, doch war ich weit davon entfernt, ihr zu unterstellen, sie sei fähig, dem anderen eine Falle zu stellen. Zudem sah ich in Jasper mitnichten jemanden, den man umgarnen konnte – den man dazu bringen konnte, etwas zu tun, was er nicht tun wollte. Natürlich war es nicht ausgeschlossen, dass er die Neigung verspürte, dass er es sich in den Kopf setzte – oder bereits gesetzt hatte –, mit dem Schützling seiner Mutter einen Schritt weiter zu gehen, aber um das zu glauben, brauchte ich mehr Beweise als den Umstand, dass er ständig mit ihr zusammen war. Bestenfalls wollte er während der Überfahrt mit ihr »anbändeln«. »Vielleicht haben Sie versucht, ein Verantwortungsgefühl in ihm zu wecken, indem Sie ihn zur Rede stellten«, sagte ich zu meiner Kritikerkollegin.

»Ein wenig, aber es ist sehr schwierig. Einmischung macht ihn widerborstig. Man muss sachte vorgehen. Außerdem ist es zu absurd – denken Sie an ihr Alter. Als ob sie nicht auf sich selbst achtgeben kann!«, rief Mrs. Nettlepoint.

»Ja, lassen Sie uns weiterhin über ihr Alter nachdenken, obwohl sie wirklich nicht uralt ist. Und wenn es zum Schlimmsten kommt, dann haben Sie immer noch ein letztes Mittel«, fügte ich hinzu.

Sie überlegte. »Sie in ihrer Kabine einzuschließen?«

»Nein – aus der Ihren herauszukommen.«

»Niemals, nie! Wenn das nötig wird, um sie zu retten, dann ist sie verloren. Außerdem, wozu wäre das gut? Warum sollte ich nach oben gehen, wenn sie nach unten kommen kann.«

»Nun, Sie könnten Jasper im Zaum halten.«

»*Könnte* ich das?«, fragte Mrs. Nettlepoint im Ton einer Frau, die ihren Sohn kennt.

Tags darauf im Salon, nach dem Abendessen, über den roten Tischtüchern, unter den schaukelnden Lampen und den Gestellen mit Wassergläsern, Karaffen und Weingläsern, ließen wir uns zu einer Partie Whist nieder, und Mrs. Peck beteiligte sich an dem Spiel, um uns einen Gefallen zu tun. Sie spielte unsagbar schlecht und redete zu viel, und als die Partie vorbei war, dämpfte sie ihren Verdruss (aber nicht meinen – wir waren Spielpartner) mit einer überbackenen Käseschnitte und einem heißen

Getränk. Wir hatten die Karten weggelegt, aber während sie auf diese Stärkung wartete, saß sie da, die Ellbogen auf den Tisch gestützt, und mischte ein Spiel.

»Sie hat bislang kein Wort mit mir gewechselt – sie wird es auch weiterhin nicht tun«, bemerkte sie kurz darauf.

»Ist es denn möglich, dass irgendjemand auf diesem Schiff noch kein Wort mit Ihnen gewechselt hat?«

»Dieses Mädchen nicht – sie weiß es ganz genau!« Mrs. Peck warf mit wissendem Lächeln einen Blick in die kleine Runde – sie hatte vertrauliche, mitteilsame Augen. Einige Personen aus unserer Gesellschaft hatten sich nach dem Brauch der fröhlichen Schiffspassagiere zu später Stunde versammelt, um zum Abschluss des Tages gegrillte Sardinen und scharf gewürzte Rippchen zu verzehren.

»Was weiß sie?«

»Oh, sie weiß, dass *ich* es weiß.«

»Nun, wir wissen, was Mrs. Peck weiß«, teilte mir eine der Damen der Gruppe in überheblichem Tonfall mit.

»Sie würden es nicht wissen, wenn ich es Ihnen nicht erzählt hätte – aufgrund ihres Verhaltens«, sagte unsere Freundin mit einem wenig bezaubernden Lachen.

»Sie reist zu einem Gentleman, der in Übersee lebt – er wartet auf sie, um sie zu heiraten«, fuhr die andere Dame fort, als sei ihre Information aus erster Hand. Ich weiß noch, dass sie Mrs. Gotch hieß und ihr Mund so aussah, als würde sie ohne Unterlass pfeifen.

»Er weiß es längst – ich hab es ihm erzählt«, sagte Mrs. Peck.

»Na, vermutlich weiß es jeder«, ergänzte Mrs. Gotch.

»Liebe Madam, geht es irgendjemanden etwas an?«, fragte ich.

»Finden Sie denn nicht auch, dass sie sich recht eigenartig verhält?« Mrs. Gotch war offenkundig von meinem kleinen Einwand überrascht.

»Na, es passiert doch vor aller Leute Augen – wie ein Bühnenstück im Theater –, als hätten Sie Eintrittsgeld bezahlt«, sagte Mrs. Peck. »Wenn Sie das nicht öffentlich nennen!«

»Bringen Sie da nicht einiges durcheinander? Was bezeichnen Sie als öffentlich?«

»Na die Art, wie sie auftreten. Sie sind jetzt gerade dort oben.«

»Sie schmusen dort oben die halbe Nacht«, sagte Mrs. Gotch. »Ich weiß nicht, wann sie herunterkommen. Irgendwann, wenn es ihnen passt. Selbst nachdem das letzte Licht erloschen ist, sind sie noch oben.«

»Oh, die werden nie müde. Die brauchen keine Ablösung – wie die Schiffswache!«, lachte einer der Gentlemen.

»Nun, was ist so schlimm daran, wenn sie gern zusammen sind?«, fragte ein anderer. »An Land würden sie sich nicht anders verhalten.«

»Sie würden es nicht auf offener Straße tun, nehme ich

an«, sagte Mrs. Peck. »Und sie würden es nicht tun, wenn Mr. Porterfield in der Nähe wäre!«

»Ist das nicht genau der Punkt, an dem Sie durcheinandergeraten?«, erwiderte ich. »Dass Miss Mavis und Mr. Nettlepoint immer zusammen sind, ist wirklich öffentlich, aber dass sie heiraten wird, ist vollkommen privat.«

»Wie können Sie das sagen – wenn es sogar die Matrosen wissen! Der Kapitän weiß es, und alle Offiziere wissen es. Sie sehen sie dort, besonders nachts, während sie das Schiff steuern.«

»Ich dachte, für so etwas gibt es Regeln!«, warf Mrs. Gotch ein.

»Na, die gibt es – dass man sich anständig benehmen soll«, schob Mrs. Peck nach. »Das weiß ich vom Kapitän – er sagte, es gebe Regeln. Er meinte, die müsse es geben, wenn sich Personen zu unschicklich verhalten.«

»Ist das der Begriff, den er verwendet hat?«, fragte ich.

»Nun, vielleicht hat er gesagt, wenn sie zu viel Aufmerksamkeit erregen.«

Ich wagte, den Unterschied klarzustellen. »Wir sind es, die Aufmerksamkeit erregen – indem wir über etwas reden, was uns nichts angeht und wovon wir tatsächlich gar nichts wissen.«

»Sie sagte, der Kapitän habe angedroht, sie gleich nach unserer Ankunft zu verraten«, fuhr Mrs. Gotch nichtsdestotrotz munter fort.

»*Sie* sagte …?«, wiederholte ich verwirrt.

»Nun, er meinte, es sei seine Pflicht, Mr. Porterfield zu informieren, wenn er kommt, um sie in Empfang zu nehmen – wenn sie so weitermachen«, sagte Mrs. Peck.

»Ach, die werden so weitermachen, keine Bange!«, rief einer der Gentlemen.

»Meine liebe Madam, der Kapitän erlaubt sich einen Spaß mit Ihnen«, war meine angemessene Antwort.

»Nein, das macht er nicht – er hält es wirklich für einen Skandal. Er sagt, er betrachte uns als eine große Familie und möchte nicht, dass die Familie auf Abwege gerät.« Ich spürte, das mein streitlustiger Tonfall Mrs. Peck irritierte: Sie forderte mich mit beträchtlicher Leidenschaft heraus. »Wie können Sie behaupten, dass ich nicht im Bilde bin, obwohl es die ganze Straße weiß und seit Jahren gewusst hat – seit etlichen Jahren?« Sie sprach, als wäre das Mädchen seit mindestens zwanzig Jahren verlobt. »Weswegen fährt sie denn sonst hin, wenn sie ihn nicht heiraten möchte?«

»Vielleicht fährt sie hin, um zu sehen, wie er aussieht«, schlug einer der Gentlemen vor.

»Er würde komisch aussehen – wenn er es wüsste.«

»Na, ich schätze, er wird es wissen«, sagte Mrs. Gotch.

»Sie würde es ihm gar selbst sagen – sie hätte keine Angst«, fuhr der Gentleman fort.

»Da könnte sie ihn ebenso gut umbringen. Er wird über Bord springen«, prophezeite Mrs. Peck.

»Über Bord springen?«, rief Mrs. Gotch, als hoffte sie, dass man es Mr. Porterfield erzählen würde.

»Er wartet doch schon so lange darauf – seit langen, langen Jahren«, sagte Mrs. Peck.

»Kennen Sie ihn denn?«, fragte ich.

Sie antwortete vage: »Nein, aber ich kenne eine Dame, die ihn kennt. Gehen Sie hinauf?«

Ich hatte mich von meinem Platz erhoben – ich hatte nichts zu essen bestellt. »Ich mache noch eine Runde, bevor ich zu Bett gehe.«

»Na, dann können Sie sich ja mit eigenen Augen überzeugen!«

Vor dem Salon zögerte ich, denn Mrs. Pecks Ermahnung gab mir einen Moment lang das Gefühl, auf gewisse Weise Teil ihrer kleinen Verschwörung zu werden, wenn ich hinaufging. Doch die Nacht war warm und herrlich, so dass ich eine Zigarre an der frischen Luft rauchen wollte, bevor ich nach unten ging, und ich sah nicht ein, warum ich mir dieses Vergnügen verwehren sollte, nur um den Anschein zu erwecken, dass mir Mrs. Peck gleichgültig war. Ich ging also an Deck und sah einige Gestalten, die in der Dunkelheit saßen oder umherschlenderten. Der Ozean präsentierte sich schwarz und klein, so wie es nachts für gewöhnlich der Fall ist, und der lange Schiffskörper mit seinen kaum erkennbaren verdunkelten Schwingen schien viel Raum darin einzunehmen. Man konnte mehr Sterne sehen als an Land, und das

Himmelszelt wirkte mehr denn je größer als die Erde. Grace Mavis und ihr Gefährte waren, soweit ich anfangs erkennen konnte, nicht unter den wenigen Passagieren, die hier so spät noch verweilten, und das freute mich, denn ich hasste es, wenn man über sie redete wie diese Klatschweiber, die ich bei Tisch zurückgelassen hatte. Ich wünschte, es hätte eine Möglichkeit gegeben, das Gerede zu unterbinden, doch das Einzige, was mir einfiel, war, ihr unter vier Augen zu empfehlen, mehr Diskretion an der Tag zu legen. Dies war eine heikle Angelegenheit, und vielleicht war es doch besser, mit Jasper zu beginnen, obwohl das ebenso heikel sein würde. Man könnte ihm jedenfalls in aller Freundschaft zu verstehen geben, welch einem Gerede er die junge Dame aussetzte – um dann diese Offenbarung auf ihn wirken zu lassen. Bedauerlicherweise fiel es mir schwer, zu glauben, dass sich das Paar der Beobachtung und Meinung der Passagiere nicht bewusst war. Sie waren nicht mehr Junge und Mädchen. Sie verfügten über eine gewisse gesellschaftliche Perspektive. Unterdessen waren mir keinerlei Details jenes Verhaltens bekannt, das sie – durfte man der Version meiner guten Freunde im Salon Glauben schenken – zu einem Skandal auf dem Schiff gemacht hätte. Denn obwohl ich die beiden angemessen zur Kenntnis genommen hatte, wie meine bisherige Schilderung erkennen lässt, hatte ich sie nicht auf so grimmige oder zumindest gekonnte Weise beobachtet wie Mrs. Peck. Dennoch wussten sie aller

Wahrscheinlichkeit nach, was man über sie dachte – was nur natürlich gewesen wäre –, und scherten sich einfach nicht darum. Dies ließ unsere Heldin ziemlich widerborstig und sogar recht schamlos erscheinen, aber selbst wenn sie solche Neigungen hatte, mochte ich sie deswegen nicht weniger. Ich weiß nicht, welche seltsamen Entschuldigungen ich insgeheim für sie erfand. Doch tatsächlich wurde es gleich an Ort und Stelle notwendig, mir die erstbeste zurechtzulegen, da ich, gerade als ich mich nach einigen rastlosen Runden innerhalb des Bereiches, in dem das Rauchen gestattet war, und nach ausreichend vielen Zügen an meiner Zigarre wieder nach unten begeben wollte, zwei Personen bemerkte, die sich hinter einem der Rettungsboote, die an Deck standen, zusammen niedergelassen hatten. Sie saßen so, dass man sie nur sehen konnte, wenn man nahe an die Reling herantrat und ein wenig seitwärts spähte. Ich glaube nicht, dass ich spähte, doch als ich einen Moment neben der Reling verweilte, wurde mein Blick von einem dunklen Objekt angezogen, das hinter dem Boot hervorragte und das ich auf einen zweiten Blick als Rockschoß eines Frauenkleides erkannte. Ich beugte mich kurz nach vorn, konnte aber trotzdem keinen besseren Blick erhaschen, was jedoch kaum einen Unterschied machte, da ich auch so wusste, dass es sich bei den Personen, die sich in einer so gemütlichen Ecke versteckt hielten, um Jasper Nettlepoint und Mr. Porterfields Verlobte handelte. Versteckt war der schrecklich angemessene Ausdruck, und ich bedauerte den Umstand, der von derart trauriger Geschmacklosigkeit zeugte. Ich wandte mich sogleich ab und fand mich im nächsten Moment dem Kapitän unseres Schiffes gegenüber. Ich hatte mich bereits mit ihm unterhalten – er war so freundlich gewesen, mich ebenso wie Mrs. Nettlepoint, ihren Sohn und die junge Dame, die sie begleitete, sowie Mrs. Peck an seinen Tisch einzuladen – und vergnügt festgestellt, dass seine Seemannskunst die Anmut eines sonnigen Gemüts besaß, welche auf Atlantikschiffen nicht häufig anzutreffen ist.

»Die verschwenden keine Zeit – Ihre Freunde da drüben«, sagte er und nickte in die Richtung, in die er mich hatte blicken sehen.

»Ach nun, sie haben auch keine zu verlieren.«

»Meine Rede. Man sagte mir, *sie* habe keine zu verlieren.«

Ich wollte etwas Entlastendes sagen, war aber unschlüssig, welchen Ton ich anschlagen sollte. So richtete ich einfach meinen unbestimmten Blick in die sternklare Dunkelheit und auf das scheinbar schlafende Meer. »Nun, in diesen herrlichen Nächten und dieser vollkommenen Seeluft werden die Leute dazu verführt, bis spät in die Nacht aufzubleiben.«

»Ja, wir brauchen einen kleinen Sturm«, sagte der Kapitän.

Ich zögerte. »Wie stark?«

»Stark genug, um die Decks zu säubern!«

Er war letztlich ziemlich wortkarg und ging weiter seiner Arbeit nach. Er hatte mich nervös gemacht, und anstatt hinunterzugehen, drehte ich noch ein paar Runden. Die anderen Spaziergänger verschwanden einer nach dem anderen – es waren alles Männer –, bis ich am Ende allein zurückblieb. Dann, nach einer Weile, räumte ich das Feld. Jasper und seine Gefährtin saßen noch immer hinter dem Rettungsboot. Ich persönlich mochte die gegenwärtigen Reisebedingungen sehr, doch als ich hinunterging, ertappte ich mich, aus welchem Grund auch immer – vielleicht infolge einer bloßen abergläubischen Empfindlichkeit –, bei dem nebulösen Wunsch, dass eine kräftige Brise aufkommen möge.

Miss Mavis rückte, wie die Seeleute sagen, früh aus, denn am nächsten Morgen sah ich sie heraufkommen, kurz nachdem ich mein Frühstück beendet hatte, eine Zeremonie, bei der ich nicht zu trödeln pflegte. Sie war allein, und Jasper Nettlepoint war zufälligerweise gerade nicht an Deck, um ihr beizustehen. Ich ging ihr entgegen – sie war wie gewöhnlich mit ihrem Schultertuch, ihrem Sonnenschirm und einem Buch ausgerüstet –, nahm ihren Deckstuhl und stellte ihn im Heck des Schiffs auf, wo sie sich am liebsten aufhielt. Ich bot ihr an, ein wenig spazieren zu gehen, bevor sie sich setzte, und sie hakte sich bei mir ein, nachdem ich ihre Sachen auf ihrem Platz untergebracht hatte. Zu jener Stunde war das Deck leer und das

Morgenlicht fröhlich. Der Sinn stand einem mehr noch als sonst nach guten Vorzeichen und einer günstigen Brise. Ich habe vergessen, worüber wir uns anfangs unterhielten, weil die Situation ausgesprochen angenehm war. Ich konnte nicht umhin – ohne dass ich meine Begleiterin zu peinigen oder auf die Probe zu stellen beabsichtigte –, einen Augenblick später freudig dieselben Worte auszurufen, die ich, wie erwähnt, schon am ersten Tag geäußert hatte: »Nun, wir kommen voran, wir kommen voran!«

»Ja, ich zähle die Stunden, jede einzelne.«

»Die letzten Tage vergehen stets schneller«, sagte ich. »Und die letzten Stunden …«

»Nun, was ist mit diesen?«, fragte sie, denn ich hatte mich instinktiv zurückgehalten.

»Oh, dann ist man so froh, dass man fast meinen möchte, man sei bereits angekommen. Dennoch sollten wir nicht vergessen, dankbar zu sein, dass uns die Elemente so wohlgesonnen waren«, fügte ich hinzu. »Ich hoffe, Sie haben die Reise genossen.«

Sie zögerte fast unmerklich. »Ja, viel mehr, als ich erwartet habe.«

»Dachten Sie, es würde schrecklich werden?«

»Grauenvoll, grauenvoll!«

Der Ton, in dem sie diese Worte sprach, war eigenartig, aber ich hatte nicht viel Zeit, darüber nachzudenken, denn als ich mich in diesem Moment umdrehte, sah ich Jasper Nettlepoint auf uns zukommen. Er war noch am anderen Ende des weißen Decks, und als er näher kam, musterte ich ihn von Kopf bis Fuß. Ich weiß nicht, was mich zu diesem Anlass besonders empfänglich für den Eindruck machte, doch mir schien, als würde ich ihn, dank des intensiven Lichts auf See, so sehen, wie ich ihn nie zuvor gesehen hatte, von innen und außen, in seiner persönlichen seiner moralischen Ganzheit. Es war eine plötzliche lebhafte Offenbarung. Wenn sie auch nur einen Moment lang anhielt, hatte sie einen entwirrenden und klärenden Effekt. Er bot eigentlich eine angenehme Erscheinung, mit seinem gutaussehenden jungen Gesicht und seinem wahrlich makellosen persönlichen Auftreten, welches er besser als jeder andere an Bord des Schiffes zu zeigen verstand. Er war weit davon entfernt, wie jemand auszusehen, der alte Sachen abträgt, was an Bord allgemein üblich war, sondern kleidete sich ziemlich korrekt, wie ich einen anderen Passagier hatte sagen hören. Dies verlieh ihm das selbstsichere, beinahe triumphale Aussehen eines jungen Mannes, der sich aus jeder noch so peinlichen Situation herauszuwinden weiß. Ich erwartete, dass sich die Hand meiner Begleiterin von meinem Arm lösen würde, da es sie nun zu ihm ziehen musste, und war fast erstaunt, als sie mich nicht im Stich ließ. Wir blieben auf gleicher Höhe stehen, und Jasper wünschte uns freundlich einen guten Morgen. Schon war die Bemerkung, dass wir einen weiteren herrlichen Tag vor uns hatten, gefallen und führte ihn zu einer Äußerung im

Stile eines Mannes, dem es leichtfällt, Kritik zu üben: »Ja, aber denken Sie mal, was die anderen unter diesen Umständen leisten würden!«

»Die anderen Schiffe?«

»Wir wären mittlerweile schon da – oder spätestens morgen.«

»Nun, dann bin ich froh, dass es keines der anderen Schiffe ist« – ich lächelte der jungen Dame an meinem Arm zu. Meine Worte boten ihr, mehr noch ihm die Möglichkeit, etwas Freundliches zu erwidern, aber weder Jasper noch Grace Mavis nutzten die Gelegenheit. Stattdessen schauten sie, wie ich feststellte, einander einen Moment lang ziemlich starr in die Augen, bevor sie ihren Blick schweigend dem Meer zuwandte. Sie bewegte sich nicht und war vollkommen still, wodurch sie mir das Gefühl gab, plötzlich ganz und gar teilnahmslos geworden zu sein, als würde sie gewissermaßen jede Verantwortung zurückweisen. Wir blieben dort vor Jasper stehen, und die Berührung ihres Arms deutete mir weder an, ich solle sie freigeben, noch gab sie mir zu verstehen, dass wir lieber weitergehen sollten. Ich hatte nicht vor, sie aufzugeben, obgleich einer der Ausdrücke, die ich in Jaspers Gesicht zu lesen meinte, mir zart andeutete, dass sie ihm gehörte. Er sah mir kurz in die Augen, und es war, als würde er sagen: »Ich weiß, was Sie denken, aber es schert mich einen Dreck.« Ich war der festen Überzeugung, dass er grenzenlos egoistisch war: Das war der Kern meiner kleinen Offenbarung. Jugend ist fast immer egoistisch, wie sie fast immer auch eitel ist, und wenn sie mit Gesundheit und Talenten, gutem Aussehen und guter Laune einhergeht, darf sie das auch gern sein. Wenn es sich um echte Jugend handelt, ist Nachsicht geboten. Dennoch bleibt es eine Frage des Ausmaßes, und was an Jasper Nettlepoint hervorstach, war – natürlich nur, wenn man einen Blick dafür hatte –, dass mit seinem Egoismus eine Unnachgiebigkeit einherging und seine Eigenliebe Habsucht war. Diese Züge waren keck und erfolgreich und daran gewöhnt, sich durchzusetzen. Er liebte Frauen, er liebte sie sehr. Er brauchte sie – das lag in seiner Natur, aber Grace Mavis liebte er in keiner Weise. Unter den Gedanken, die mir spontan in den Sinn kamen, war das der treffendste. Nach einer Minute bekam die Art, wie wir so reglos dastanden, etwas Peinliches, obwohl diese Erkenntnis an ihm zweifellos völlig vorüberging. Jedenfalls fragte ich, um mein eigenes Unbehagen zu überspielen, wie es seiner Mutter gehe.

Seine Antwort kam unerwartet. »Sie sollten lieber nach unten gehen und nachsehen.«

»Nicht, ehe Miss Mavis meiner überdrüssig geworden ist.«

Daraufhin ließ sie nicht ein Wort vernehmen, und ich setzte mich mit ihr wieder in Bewegung. Sie schwieg einige Minuten, dann platzte sie ziemlich unvermittelt heraus: »Ich habe gesehen, wie Sie mit der Dame gesprochen haben, die an unserem Tisch sitzt – die mit den vielen Kindern.«

»Mrs. Peck? O ja, mit Mrs. Peck zu sprechen ist unvermeidlich."

»Kennen Sie sie gut?«

»Nur wie man Leute auf See so kennt. Eine Bekanntschaft ergibt sich von allein. Das hat nicht viel zu bedeuten.«

»Mit mir spricht sie nicht – sie könnte, wenn sie wollte.«

»Sie sagt dasselbe von Ihnen – dass Sie mit ihr sprechen könnten.«

»Oh, wenn sie darauf wartet!«, sagte meine Begleiterin lachend. Dann fügte sie hinzu: »Sie wohnt in unserer Straße, schräg gegenüber.«

»Genau das ist der Grund, weshalb sie Sie für schüchtern oder hochmütig hält. Sie hat Sie oft gesehen und scheint viel über Sie zu wissen.«

»Was weiß sie über mich?«

»Ach, das müssen Sie sie selber fragen – ich kann es Ihnen nicht sagen!«

»Mir ist egal, was sie weiß«, sagte meine junge Dame. Kurz darauf sprach sie weiter: »Sie muss bemerkt haben, dass ich nicht besonders gesellig bin.« Und dann: »Worüber lachen Sie?«, fragte sie.

»Nun« – meine Belustigung war nicht leicht zu erklären –, »Sie sind nicht besonders gesellig, und Sie sind es irgendwie doch. Mrs. Peck ist es auf jeden Fall und dachte, dass es darum für Sie leichter wäre, ein Gespräch mit ihr zu beginnen.«

»Oh, mir liegt nichts daran, mit ihr zu sprechen – ich weiß, worauf das hinausläuft.« Ich antwortete nicht – mir fiel wenig ein, was ich erwidern könnte –, und das Mädchen fuhr fort: »Ich weiß, was sie denkt, und ich weiß, was sie sagt.« Ich hielt mich noch immer zurück, merkte aber im nächsten Moment, dass meine Diskretion überflüssig war, denn Miss Mavis fragte ohne Umschweife: »Behauptet sie, Mr. Porterfield zu kennen?«

»Nein, sie behauptet lediglich, eine Dame zu kennen, die ihn kennt.«

»Ja, genau – Mrs. Jeremie. Mrs. Jeremie ist eine dumme Pute!« Ich war nicht in der Lage zu widersprechen, und kurz darauf sagte meine junge Dame, sie wolle sich setzen. Ich entließ sie in ihren Stuhl – ich merkte, dass es ihr so lieber war – und ging ein Stückchen weiter. Einige Minuten später traf ich erneut auf Jasper, der aus eigenem Antrieb stehen blieb und sagte: »Wir werden ungefähr um sechs Uhr abends am elften Reisetag ankommen – das versprechen sie.«

»Natürlich nur, wenn nichts dazwischenkommt.«

»Was soll denn schon dazwischenkommen?«

»Genau das frag ich mich auch!« Ich wandte mich ab und ging mit der törichten, aber unschuldigen Befriedigung nach unten, ihn möglicherweise verwirrt zu haben.

Kapitel IV

»Ich weiß nicht, was ich tun soll, Sie müssen mir helfen«, sagte Mrs. Nettlepoint an jenem Abend zu mir, als ich bei ihr hereinschaute.

»Ich werde mein Möglichstes tun – worum geht es denn?«

»Sie war hier und hat geweint, dann ist sie gegangen – und hat mich damit ziemlich durcheinandergebracht.«

»Geweint? Das sieht ihr gar nicht ähnlich.«

»Genau, das ist es ja, was mich erschreckt hat. Sie kam heute Nachmittag herein, um nach mir zu sehen, so wie sie es schon früher getan hat, und wir sprachen über das Wetter und die Überfahrt und die Manieren der Stewardess und dergleichen Nichtigkeiten, und dann plötzlich, mittendrein, während sie dasaß, ohne erkennbare Ursache, brach sie in Tränen aus. Ich fragte sie, was ihr Kummer bereite, und versuchte sie zu trösten, aber sie erklärte sich nicht, sagte, es sei nichts, es läge am Meer, an der Monotonie, an der Aufregung, am Abschied von der Heimat. Ich fragte sie, ob es etwas mit ihrer Zukunft zu tun habe, mit ihrer Heirat, ob sie nun, da das Ereignis näher rücke, spüre, dass sie nicht mit dem Herzen dabei sei. Ich erklärte, sie müsse nicht nervös sein, ich könne mich in ihre Lage hineinversetzen – kurzum, ich tat, was ich konnte. Ihre einzige Antwort war, dass sie *nervös* sei, sehr nervös, aber das es auch schon wieder vorbei wäre. Dann sprang sie auf und küsste mich und verschwand. Sieht sie aus, als hätte sie geweint?«, fragte Mrs. Nettlepoint abschließend.

»Wie soll ich das beurteilen, wo sie doch nie diesen grässlichen Schleier abnimmt? Es ist, als ob sie sich schämt, ihr Gesicht zu zeigen.«

»Sie hebt sich das für Liverpool auf. Aber solche Zwischenfälle behagen mir nicht«, sagte Mrs. Nettlepoint. »Ich glaube, ich sollte nach oben gehen.«

»Ist es das, wobei ich Ihnen helfen soll?«

»Sicher, wenn Sie mir Ihren Arm reichen würden und dergleichen, ja. Aber vielleicht muss ich Sie noch um etwas anderes bitten. Ich spüre, dass irgendetwas geschehen wird.«

»Heute Morgen habe ich zu Jasper genau dasselbe gesagt.«

»Und was hat er geantwortet?«

»Er sah nur unschuldig drein – als glaubte er, ich meinte einen Nebel oder Sturm.«

»Um Himmels willen – das ist es nicht! Ich werde nie wieder hilfsbereit sein«, fuhr Mrs. Nettlepoint fort. »Nie wieder lasse ich mir ein Mädchen auf diese Weise andrehen. Immer muss man dafür bezahlen – es gibt nur lästige Komplikationen. Ich fürchte mich vor dem, was nach unserer Ankunft geschieht. Sie wird ihre Verlobung lösen, es wird eine schreckliche Szene geben. Ich werde darin verwickelt sein und mich um sie kümmern und sie

86

bei mir behalten müssen. Ich werde bei ihr bleiben müssen, bis man sie zurückschicken kann, oder sie sogar nach London begleiten. Was sagen Sie zu alldem?«

Ich lauschte respektvoll. Dann bemerkte ich: »Sie haben Angst vor Ihrem Sohn.«

Auch sie schwieg einen Moment. »Das hängt davon ab, was Sie darunter verstehen.«

»Es gibt Dinge, die Sie ihm sagen könnten – mit Ihrem Feingefühl, denn ich weiß, dass sie darüber verfügen, wenn Ihnen danach ist.«

»Höchstwahrscheinlich, aber was kann mein Feingefühl schon bewirken? Außerdem *habe* ich ihm schon alles gesagt. Das heißt, ich habe ihm das Wesentliche gesagt – dass er der Grund dafür ist, dass man unablässig über sie redet.«

»Daraufhin hat er Sie natürlich gefragt, woher Sie das wissen wollen, und Sie haben entgegnet, Sie hätten es von mir.«

»Ich musste es ihm doch sagen. Er sagt, es gehe Sie nichts an.«

»Ich wünschte, er würde mir das ins Gesicht sagen«, bemerkte ich.

»Das wird er tun, wenn Sie ihm nur den geringsten Anlass dazu geben. Und genau das ist es, womit Sie mir helfen können. Streiten Sie mit ihm – im Streiten ist er ziemlich gut, das wird ihn ablenken und von ihr fernhalten.«

»Dann bin ich bereit«, erwiderte ich, »die Angelegenheit mit ihm während der restlichen Überfahrt zu diskutieren.«

»Sehr schön. Ich verlasse mich auf Sie. Aber er wird Sie fragen, genau wie er mich gefragt hat, was zum Teufel er Ihrer Meinung nach tun soll.«

»Zu Bett gehen!« Ich fürchte, ich lachte dabei.

»Oh, das ist kein Witz.«

Ich wollte sie nicht ärgern, verlieh aber meiner Meinung deutlich Ausdruck. »Genau das habe ich Ihnen von Anfang an gesagt.«

»Ja, aber triumphieren Sie nicht. Ich hasse Leute, die triumphieren. Jasper fragt mich«, fuhr sie fort, »warum er sich darum scheren sollte, dass man über sie redet, wenn es ihr selbst egal ist.«

»Ich werde ihm sagen, warum«, erwiderte ich. Mrs. Nettlepoint meinte, sie sei mir unendlich dankbar, und wiederholte, dass sie nun ins Feld rücken wolle.

Noch am selben Abend hielt ich an Deck Ausschau nach Jasper, aber die Umstände zeigten sich mir nicht günstig. Ich fand ihn – das heißt, ich mutmaßte, dass er sich abermals mit Miss Mavis hinter dem Rettungsboot versteckt hielt, doch wäre es unnötig brutal gewesen, in ihre Zweisamkeit hineinzuplatzen, so dass ich unser Gespräch auf den nächsten Tag verschob. Ich ergriff beim Frühstück gleich die erstbeste Gelegenheit, um sicherzugehen. Er war im Salon, als ich eintrat, und wollte gerade den Tisch verlassen, aber ich hielt ihn auf und fragte, ob er ein wenig später an Deck eine Viertelstunde Zeit für mich hätte – ich wolle ihm etwas Bestimmtes mitteilen. Er sagte: »Aber ja, wenn Sie wünschen« – und zeigte sich dabei kaum überrascht, jedoch reichlich selbstsicher, wie ich fand. Nachdem ich gefrühstückt hatte, traf ich ihn rauchend am Vorderdeck und begann ohne Umschweife: »Ich will Ihnen etwas sagen, was Ihnen gar nicht gefallen wird – Ihnen eine Frage stellen, die sie wahrscheinlich als unverschämt abtun werden.«

»Das werde ich gewiss tun, wenn sie es ist«, sagte Jasper Nettlepoint.

»Nun, meine Warnung sagt Ihnen natürlich auch, dass es mir egal ist, sollten sie es tun. Ich bin um einiges älter als Sie und – seit vielen Jahren – ein Freund Ihrer Mutter. Es gibt nichts, was mir ferner liegt, als mich einzumischen, aber ich glaube, dass diese Umstände mir ein gewisses Recht verleihen – eine Art Privileg. Zudem wird meine Frage für sich selbst sprechen.«

»Warum kommen Sie nicht endlich zur Sache?«, fragte mein junger Mann durch seine Rauchschwaden.

Wir blickten einander kurz in die Augen. Was war das Feingefühl seiner Mutter – ihr bestes – im Vergleich hierzu?

»Sind Sie bereit, Verantwortung zu übernehmen?«

»Für Sie?«

»Liebe Güte, nein – für die junge Dame. Ich spreche natürlich von Miss Mavis.«

»Ach ja, meine Mutter hat mir erzählt, dass *Sie* sich viele Gedanken über sie machen.«

»Genau wie Ihre Mutter inzwischen auch.«

»Das sagt sie aus Gutmütigkeit – um Ihnen einen Gefallen zu tun.«

»Sie täte mir einen viel größeren Gefallen, wenn sie mich beschwichtigen könnte. Ich weiß natürlich, dass Sie wissen, was ich ihr von dem Klatsch, der über Miss Mavis in Umlauf ist, erzählt habe.«

»Ja, aber was um Himmels willen bedeutet das schon.«

»Es hat die Bedeutung eines Zeichens.«

»Eines Zeichens wofür?«

»Dafür, dass sie sich in einer unglücklichen Lage befindet.«

Jasper rauchte seine Zigarre, den Blick auf den Horizont geheftet, und ich hatte das unerwartete Gefühl, bei ihm eine gewisse Wirkung zu erzielen. »Ich weiß nicht, ob das, was Sie zu bereden versuchen, Sie etwas angeht, was ich aber ganz bestimmt weiß, ist, dass es auf mich nicht zutrifft. Was habe ich mit dem Tratsch einer Schar alter Weiber zu tun, die sich darüber hinwegtrösten, nicht seekrank zu sein?«

»Nennen Sie es Tratsch, dass Miss Mavis in Sie verliebt ist?«

»Geschwätz.«

»Dann«, erwiderte ich, »sind Sie sehr undankbar. Der Klatsch einer Schar alter Frauen will Folgendes bedeuten: Sie vermutet oder weiß, dass er existiert, und anständige Mädchen sind in dieser Hinsicht meist hochsensibel. Die Bereitschaft, dem keine Beachtung zu schenken, muss in diesem Fall einen Grund haben, und der Grund kann nur der sein, auf den ich so frei war, ihre Aufmerksamkeit zu lenken.«

»In mich verliebt in sechs Tagen, einfach so?«, und er blickte immer noch mit zusammengekniffenen Augen in die Ferne.

»Über Geschmack lässt sich nicht streiten, und sechs Tage auf See entsprechen sechzig an Land. Ich will nicht, dass Sie sich allzu viel darauf einbilden. Wenn Sie natürlich Ihrer Verantwortung nachkommen, ist alles in Ordnung, und ich habe nichts weiter zu sagen.«

»Ich verstehe nicht, was Sie meinen«, erwiderte er sogleich.

»Sie müssen doch inzwischen darüber nachgedacht haben. Sie ist verlobt, soll heiraten, und der Gentleman, mit dem sie verlobt ist, soll sie in Liverpool in Empfang nehmen. Das ganze Schiff weiß es – obwohl *ich* es ihnen nicht erzählt habe! –, und das ganze Schiff beobachtet sie. Das ist unverschämt, wenn Sie so wollen, genau wie ich selbst unverschämt bin, aber wir hier bilden zusammen eine kleine Welt und können ihre Bedingungen nicht ignorieren. Ich frage Sie, ob Sie bereit sind, ihr zu gestatten, den eben erwähnten Gentleman um Ihretwillen aufzugeben.«

Jasper sprach, ohne zu zögern, als hätte er nichts verstanden. »Um meinetwillen?«

»Um Sie zu heiraten, wenn sie die Verlobung löst.«

Er wandte den Blick vom Horizont ab und sah mich an, und ich entdeckte einen merkwürdigen Ausdruck in seinen Augen. »Hat Miss Mavis Ihnen den Auftrag erteilt, in dieser Sache zu verhandeln?«

»Nicht im Geringsten.«

»Nun, dann verstehe ich nicht ganz …«

»Ich spreche nicht für irgendjemanden. Regeln Sie das selbst – *allein*.«

»Herrgott, was glauben Sie denn, was für ein Leben ich führe!«, rief er, als hätte er Mitleid mit meiner Einfältigkeit. »Das ist eine Frage, die mir die junge Dame stellen kann, wann immer es ihr gefällt.«

»Lassen Sie mich also meiner Hoffnung Ausdruck verleihen, dass sie es tun wird. Aber was werden Sie antworten?«

»Mein lieber Sir, mir scheint, dass Sie trotz all der Ansprüche, die Sie geltend machen, keinen Grund haben, anzunehmen, dass ich Ihnen das sagen werde.« Er wandte sich ab, und ich widmete dem Gedenken unserer jungen Frau in vollkommener Aufrichtigkeit einen tiefen schmerzvollen Seufzer. Daraufhin, eingedenk dieses Eindrucks, wandte er sich noch einmal mir zu, musterte mich von Kopf bis Fuß und fragte: »Was verlangen Sie von mir?«

»Ich habe Ihrer Mutter gesagt, dass Sie zu Bett gehen sollten.«

»Das sollten Sie lieber selbst tun!«, erwiderte er.

Damit ging er fort, und mir kam der triste Gedanke, dass das einzige klare Ergebnis meines Unternehmens wahrscheinlich war, ihm lebhaft vor Augen geführt zu haben, dass sie ihn liebte. Mrs. Nettlepoint kam herauf, so wie sie es angekündigt hatte, doch der Tag war bereits halb vorüber: Es war fast drei Uhr. Sie war in Begleitung ihres Sohnes, der sie an Deck einführte, ihren Stuhl und ihre Schals arrangierte, dafür sorgte, dass sie vor Sonne und Wind geschützt war, und sich eine Stunde lang als regelrecht aufmerksam erwies. Währenddessen blieb Grace Mavis unsichtbar und zeigte sich auch den ganzen Nachmittag über nicht. Ich glaubte nicht, dass sie sich je zuvor so lange vom Deck ferngehalten hatte. Jasper verließ seine Mutter, kehrte aber immer wieder zurück, um zu sehen, wie sie zurechtkam, und als sie ihn fragte, wo Miss Mavis wohl sei, antwortete er, er habe nicht die geringste Ahnung. Auf ihre besondere Bitte setzte ich mich zu meiner Freundin: Sie sagte mir, wenn ich es nicht tun würde, kämen bestimmt Mrs. Peck und Mrs. Gotch, ihre Aufwartung zu machen, ich müsse ihr als Wachhund dienen. Ihre Wanderung hatte sie beunruhigt und erschöpft, und ich glaube, dass sie Grace Mavis' Entscheidung, diesen Moment für ihren Rückzug zu nutzen, als Hinweis darauf deutete, dass man sie zum Narren gehalten hatte.

Sie meinte, dass die Abwesenheit des Mädchens nur beweise, was für eine ungehobelte Person sie sei, während sie selbst sich als so gutmütig erweise, eigens herauszukommen. Ihr Schützling sei schlicht langweilig, damit hatte sich die Sache. Ich bemerkte, wie das Erscheinen meiner Gefährtin die kleinen grauen Zellen der anderen Damen aktivierte. Sie beobachteten sie von der anderen Seite des Decks, behielten sie im Auge, genauso wie der Steuermann den Kurs des Schiffes im Auge behielt. Mrs. Peck hatte offensichtlich Pläne, und diese Gefahr war es, von der sich Mrs. Nettlepoint abwandte.

»Es ist genau so, wie wir gesagt haben«, bemerkte sie, als wir dort saßen. »Wie die Eimer im Brunnen. Wenn ich heraufkomme, gehen alle anderen runter.«

»Nein, keineswegs alle – Jasper bleibt hier.«

»Hier? Ich sehe ihn nicht.«

»Er kommt und geht – das ist dasselbe.«

»Er geht öfter, als er kommt. Aber *n'en parlons plus*, ich habe rein gar nichts erreicht. Ich bewundere das Meer überhaupt nicht – was ist es anderes als ein vergrößertes Wasserbecken? Ich werde nicht wieder heraufkommen.«

»Mir scheint, sie wird ab jetzt in ihrer Kabine bleiben«, sagte ich. »Sie erzählte, sie habe eine für sich allein.« Mrs. Nettlepoint erwiderte, dass sie tun und lassen könne, was sie wolle, und ich gab ihr die kurze Unterhaltung wieder, die ich mit Jasper geführt hatte.

Sie hörte aufmerksam zu, bis sie rief: »Sie heiraten? Du

meine Güte! Mir gefällt die hübsche Zwanglosigkeit, mit der sie meinen Sohn vermählen.«

»Sie würden es nicht akzeptieren?«

»Warum um Himmels willen sollte ich?«

»Dann verstehe ich Ihre Haltung nicht.«

»Herr im Himmel, ich *habe* keine! Es ist keine Haltung, der ganzen Angelegenheit überdrüssig zu sein.«

»Sie würden es auch nicht akzeptieren in dem besonderen Fall, den ich ihm nahegelegt habe – dass sie glaubte, ermutigt worden zu sein, den armen Porterfield aufzugeben?«

»Nicht einmal dann – nicht einmal dann. Wer weiß schon, was sie glaubt?«

Das brachte mich zurück an den Anfang. »Dann tun Sie genau das, was ich vorhergesagt habe – Sie zeigen mir ein schönes Beispiel von mütterlicher Unmoral.«

»Mütterlichem Mumpitz! Sie hat damit angefangen.«

»Warum sind Sie denn dann heute heraufgekommen?«, fragte ich.

»Damit Sie Ruhe geben.«

Mrs. Nettlepoints Abendessen wurde an Deck serviert, ich jedoch ging in den Salon. Wie ich erwartet hatte, war Jasper da, nicht aber Grace Mavis. Ich versuchte aus ihm herauszukriegen, was mit ihr los war, ob sie vielleicht krank sei – er muss mich für unerhört hartnäckig gehalten haben –, und er antwortete, er wisse rein gar nichts über sie. Mrs. Peck sprach mit mir über Mrs. Nettlepoint

– versuchte es zumindest – und ließ sich darüber aus, wie interessant es gewesen sei, sie zu sehen; schade nur, dass sie sich nicht als geselliger erweise. Darauf erwiderte ich, man möge sie ihrer Gesundheit wegen entschuldigen.

»Sie wollen doch nicht behaupten, dass sie auf diesem Fischteich seekrank wird?«

»Nein, sie fühlt sich auf andere Art unwohl.«

»Ich glaube, ich kenne die Art!«, lachte Mrs. Peck. Und dann ergänzte sie: »Ich nehme an, sie kam herauf, um nach ihrem Schätzchen zu sehen.«

»Ihrem Schätzchen?« Meine Miene erstarrte.

»Na, Miss Mavis. Wir haben zur Genüge darüber gesprochen.«

»Das stimmt, zur Genüge. Ich weiß nicht, was das eine mit dem anderen zu tun hat. Miss Mavis ist, soweit ich feststellen konnte, heute nicht an Deck erschienen.«

»Oh, es geht trotzdem weiter.«

»Es geht weiter?«

»Na, es ist zu spät.«

»Zu spät?«

»Na, Sie werden schon sehen. Es wird Ärger geben.«

Das war beunruhigend, aber ich erzählte nichts davon an Deck. Mrs. Nettlepoint zog sich frühzeitig in ihre Kabine zurück und behauptete, unendlich müde zu sein. Ich wusste nicht, wie es »weiterging«, aber Grace Mavis hielt sich nach wie vor verborgen. Ich schaute spät noch einmal bei meiner Freundin vorbei, um gute Nacht zu sagen, und erfuhr von ihr, dass das Mädchen auch nicht bei ihr gewesen war. Sie hatte die Stewardess zu ihrer Kabine geschickt, um Neues zu erfahren, um nachsehen zu lassen, ob sie krank war und Hilfe brauchte, und die Stewardess war lediglich mit der Nachricht zurückgekehrt, dass sie sie nicht angetroffen habe. Danach ging ich an Deck. Die Nacht war nicht ganz so schön und das Deck fast menschenleer. Im nächsten Augenblick gingen Jasper Nettlepoint und unsere junge Dame an mir vorbei. »Ich hoffe, es geht Ihnen besser!«, rief ich ihr nach, und sie warf mir einen Blick über die Schulter zu: »O ja, ich hatte Kopfschmerzen, aber die frische Luft tut mir gut!«

Ich ging wieder hinunter – ich war außer den beiden die einzige Person oben und wollte nicht den Eindruck erwecken, ihnen nachzuschnüffeln –, und als ich zu Mrs. Nettlepoints Kabine zurückkehrte, merkte ich (ihre Tür stand zum Korridor hin offen), dass sie noch nicht zu Bett gegangen war.

»Es geht ihr gut!«, sagte ich. »Sie ist mit Jasper an Deck.«

Die gute Dame sah von ihrem Buch zu mir auf. »Ich wusste nicht, dass Sie das gut nennen.«

»Nun, es ist besser als manch anderes.«

»Was denn anderes?«

»Etwas, was ich ein wenig befürchtet hatte.« Mrs. Nettlepoint sah mich weiterhin an. Sie fragte erneut, was ich meinte. »Ich erzähle es Ihnen, wenn wir an Land sind«, sagte ich.

Am nächsten Tag machte ich ihr zur üblichen morgendlichen Stunde meine Aufwartung und traf sie mehr als beunruhigt an. »Es hat eine erste Szene gegeben«, sagte sie. »Sie erinnern sich, ich habe Ihnen vorausgesagt, dergleichen werde unweigerlich auf mich zukommen! Sie haben mich gestern Abend nervös gemacht – ich habe nicht die geringste Ahnung, was Sie mir sagen wollten, aber Sie haben mich schrecklich nervös gemacht. Vor einer Stunde kam sie zu mir, um mich zu sehen, und ich hatte den Mut, ihr zu sagen: ›Ich weiß nicht, warum ich Ihnen nicht offen sagen sollte, dass ich meinen Sohn Ihretwegen getadelt habe.‹ Natürlich fragte sie mich, was ich damit meinte, und ich ließ es sie wissen. ›Mir scheint, er schleppt sie zu viel auf dem Schiff herum, für ein Mädchen in Ihrer Situation. Er verhält sich, als habe er vergessen, dass Sie jemand anders gehören. Das ist geschmacklos, ja respektlos.‹ Das Ganze mündete in einem Gefühlsausbruch: Sie wurde ziemlich heftig.«

»Meinen Sie ungehalten?«

»Ja, ungehalten und vor allem völlig konfus und aufgeregt, als ich es wagte, ihr Verhältnis mit meinem Sohn als nicht gerade die einfachste Sache der Welt zu bezeichnen. Ich könne ihn schelten, so viel ich wollte – das sei meine und seine Angelegenheit –, aber ihr sei unbegreiflich, warum ich dergleichen ihr gegenüber erwähnte. Sei ich der Ansicht, dass sie ihm erlaube, sie respektlos zu behandeln? Diese Vorstellung sei für sie beide kein großes

Kompliment! Er habe sie besser behandelt und sei freundlicher zu ihr gewesen als die meisten anderen Leute – es wären nur wenige an Bord, die sich ihr gegenüber nicht unverschämt verhalten hätten. Sie werde froh sein, wenn sie endlich fortkomme, zu ihrer eigenen Familie, zu jemandem, über den zu sprechen niemand das Recht habe. Was an ihrer Situation sei denn nicht vollkommen normal? Was solle die ganze Aufregung? Ob ich glaubte, dass sie es zu sehr auf die leichte Schulter nehme – dass sie nicht so an Mr. Porterfield denke, wie sie sollte? Ob ich denn nicht glaubte, dass sie ihn liebe – ob ich denn nicht glaubte, dass sie die Stunden zähle, bis sie ihn wiedersehen würde? Dies werde der glücklichste Moment ihres Lebens sein. Sollte ich etwas anderes denken, beweise das nur, wie wenig ich sie kannte.«

»Das alles muss ja ganz großartig gewesen sein – ich hätte es gern miterlebt«, sagte ich, nachdem ich meiner Freundin regelrecht an den Lippen gehangen hatte. »Und was haben Sie geantwortet?«

»Oh, ich kroch zu Kreuze. Ich versicherte ihr, dass ich ihr – was meinen Sohn anging – nichts Schlimmeres unterstellte als übertriebene Gutmütigkeit. Sie helfe ihm, sich die Zeit zu vertreiben – er sollte ihr ungeheuer dankbar sein. Auch dass es für mich ein sehr glücklicher Moment sein werde, wenn ich sie an Mr. Porterfield übergeben kann.«

»Und werden Sie heute an Deck kommen?«

»Nein, wirklich nicht – ich glaube, sie kommt jetzt wunderbar zurecht.«

Diesmal ließ ich einen Seufzer der Erleichterung vernehmen. »Ende gut, alles gut!«

Jasper verbrachte den Tag größtenteils mit seiner Mutter. Sie hatte mir erzählt, dass es ihr bislang an einer günstigen Gelegenheit gefehlt habe, mit ihm über die nächsten Schritte nach der Landung zu sprechen. In den letzten zwei, drei Tagen einer Reise ändert sich alles. Der Zauber ist gebrochen, und es bilden sich neuen Verbindungen heraus. Grace Mavis erschien weder an Deck noch zum Abendessen, und ich lenkte Mrs. Pecks Aufmerksamkeit auf die außerordentliche Schicklichkeit, die ihr Handeln nunmehr bestimmte. Sie habe den Tag damit verbracht, nachzudenken, und halte es für das Beste, weiterhin nachzudenken.

»Ach, sie hat nur Angst«, sagte meine unerbittliche Tischnachbarin.

»Angst wovor?«

»Na, dass wir Geschichten erzählen, wenn wir ankommen.«

»Wen meinen Sie mit ›wir‹?«

»Na, da gibt es genug – auf einem Schiff wie diesem.«

»Dann glaube ich, wir werden es nicht tun«, erwiderte ich.

»Womöglich werden wir keine Gelegenheit dazu haben«, sagte die grässliche kleine Frau.

»Bei einem solchen Anlass« – ich sprach aus reichlicher Erfahrung – »regiert universelle Herzlichkeit.«

Dieses Prinzip jedoch war Mrs. Peck reichlich fremd. »Ich glaube, sie hat trotzdem Angst.«

»Umso besser!«

»Ja – umso besser!«

Auch den ganzen nächsten Tag lang blieb das Mädchen unsichtbar, und Mrs. Nettlepoint sagte mir, sie habe sich auch bei ihr nicht blicken lassen. Sie selbst habe über die Stewardess bei ihr angefragt, ob sie vielleicht Miss Mavis in ihrem eigenen Quartier aufsuchen dürfe, und die junge Dame habe erwidert, in ihrer Kabine herrsche Chaos, sie sei für Besucher derzeit ungeeignet: Sie sortiere die Reisetruhe neu. Jasper entschädigte sich für die Ergebenheit, die er am Vortag seiner Mutter gegenüber gezeigt hatte, indem er die meiste Zeit im Raucherzimmer verbrachte. Ich wollte zu ihm sagen: »Das ist viel besser«, hielt es aber für klüger, den Mund zu halten. Tatsächlich machte sich das Gefühl der bevorstehenden Ankunft breit – die Emotionen, die bei der Rückkehr nach Europa aufkamen, waren stets unvermindert stark –, so dass ich anderen Angelegenheiten weniger Aufmerksamkeit widmete. Zweifellos wird es dem kritischen Leser so vorkommen, als wäre mein Interesse an den gewöhnlichen Ereignissen, von denen meine Geschichte erzählt, unverhältnismäßig groß gewesen, doch kann ich darauf nur erwidern, dass die Geschehnisse mir recht geben sollten. Ungefähr bei Sonnenuntergang sichteten wir Land, die undeutliche, aber üppige Küste Irlands, und ich lehnte am Schanzkleid und genoss den Anblick. »Es sieht gar nicht mal so außergewöhnlich aus, nicht wahr?«, hörte ich eine Stimme, und als ich mich umdrehte, stand Grace Mavis neben mir. Beinahe zum ersten Mal hatte sie ihren Schleier gelüftet, und sie kam mir sehr blass vor.

»Morgen sieht man mehr«, sagte ich.

»O ja, sehr viel mehr.«

»Wenn man auf See zum ersten Mal Land sichtet, ändert sich alles«, fuhr ich fort. »Es kommt mir immer so vor, als ob man aus einem Traum erwacht. Es ist eine Rückkehr in die Wirklichkeit.«

Einen Moment lang blieb sie eine Antwort schuldig, dann sagte sie: »Es sieht beinahe noch unwirklich aus.«

»Ja, einstweilen, an diesem schönen Abend, könnte man meinen, der Traum sei noch nicht zu Ende.«

Sie blickte zum Himmel, der hell leuchtete, obwohl das Sonnenlicht bereits verschwunden war und die Sterne noch nicht zu funkeln begonnen hatten. »Es *ist* ein schöner Abend.«

»O ja, so lässt sich's leben.«

Sie blieb noch ein paar Augenblicke stehen, während die zunehmende Dunkelheit die Konturen des Landes schneller verwischte, als unser Näherkommen sie weiter hervortreten ließ. Sie sagte nichts mehr, sie blickte nur

geradeaus. Ihr Schweigen veranlasste mich, etwas Mit-
fühlendes zu sagen oder meine Dienste anzubieten. Es
war schwierig, den richtigen Ton zu treffen – einiges
schien zu weit hergeholt und anderes zu aufdringlich.
Schließlich war sie es, die mir unerwartet auf die Sprünge
half. Zusammenhanglos platzte sie heraus: »Sagten Sie
nicht, Sie kennen Mr. Porterfield?«

»Du liebe Güte, ja – ich habe damals mit ihm verkehrt.
Ich wollte Ihnen oft davon erzählen.«

Sie wandte mir ihr Gesicht zu, und im dunkler werdenden Abendlicht kam sie mir noch blasser vor. »Wozu wäre
das denn gut?«

»Nun, es wäre ein Vergnügen«, erwiderte ich ziemlich
töricht.

»Für Sie, meinen Sie?«

»Nun ja – wenn man so will«, lächelte ich.

»Haben Sie ihn gut gekannt?«

Mein Lächeln wurde zu einem Lachen, und ich verlor
ein wenig mein Selbstvertrauen. »Es ist nicht leicht, Ihnen
Vorträge zu halten.«

»Ich hasse Vorträge!« Die Worte kamen ihr mit einer
Heftigkeit über die Lippen, die mich überraschte; sie
klangen laut und hart. Aber noch bevor ich Zeit hatte,
mich zu wundern, fuhr sie in einem etwas anderen Ton
fort. »Werden Sie ihn wiedererkennen, wenn Sie ihn
sehen?«

»Unbedingt, glaube ich.« Sie verhielt sich so eigenartig,

dass ich irgendwie darauf eingehen musste, und ich hielt es für das Beste, dies scherzhaft zu tun. Also fragte ich: »Sie nicht?«

»Oh, vielleicht deuten Sie auf ihn!« Sie ging hastig davon. Als ich ihr nachblickte, überkam mich die böse oder eher provozierende Eingebung, dass ich mich während der letzten Tage und besonders durch mein Gespräch mit Jasper Nettlepoint bis zu einem gewissen Grad zu ihrem Nachteil in ihre Situation eingemischt hatte. Es versetzte mir einen merkwürdigen Stich, sie so allein umherwandern zu sehen. Ich fühlte mich irgendwie dafür verantwortlich und fragte mich, warum ich meine Finger nicht hatte davon lassen können. Ich hatte Jasper mehr als einmal an jenem Tag im Raucherzimmer gesehen, als ich vorbeiging, und hatte ihn eben erst vor einer halben Stunde durch die offene Tür dort erspäht. Er war so oft mit ihr zusammen gewesen, dass sie nun ohne ihn wie eine Beraubte oder Verlassene wirkte. Das war zweifellos zu ihrem Besten, aber oberflächlich betrachtet – und ich gebe zu, dass dies höchst unlogisch war –, erregte es Mitleid. Mrs. Peck hätte mir zweifelsohne versichert, dass ihre Trennung ein Schwindel sei: dass sie sich zwar nicht zusammen an Deck und im Salon zeigten, sich aber anderswo schadlos hielten. Auf einem Schiff gibt es nicht viele Verstecke. Mrs. Pecks »anderswo« wäre eine vage Bezeichnung gewesen, und ich weiß nicht, welche Freiheiten sich ihre Vorstellungskraft herausnahm. Man konnte deutlich erkennen, dass Jasper abtrünnig geworden war, aber das, was sich zwischen den beiden in dieser Hinsicht abgespielt hatte, war natürlich nicht so und durfte nicht so sein. Später bekam ich von seiner Mutter *seine* Version der Dinge zu hören, doch möchte ich anmerken, dass ich dieser keinerlei Glauben schenkte. Die arme Mrs. Nettlepoint andererseits musste natürlich jedes Wort davon für bare Münze nehmen. Nachdem das Mädchen mich zurückgelassen hatte, war ich fast so weit, an meinen jungen Mann heranzutreten und zu sagen: »Kehren Sie doch noch ein wenig zu ihr zurück, nur bis wir ankommen! Es wird keinen Unterschied machen, nachdem wir an Land gegangen sind.« Ich glaube nicht, dass mich die Sorge, er könne mich für einen Trottel halten, abhielt. Stattdessen sah ich, dass er das Raucherzimmer verlassen hatte, als ich das nächste Mal daran vorbeiging. An jenem Abend stattete ich Mrs. Nettlepoint meinen üblichen Besuch ab, aber ich plagte sie nicht weiter wegen Miss Mavis. Sie war zu dem Schluss gekommen, dass nun alles klar und geregelt sei, und mir schien, dass ich ihr und sie sich selbst ausreichend Sorgen gemacht hatte. Ich verließ sie, damit sie den sich verstärkenden Vorgeschmack der Ankunft genießen konnte, der nun ihre Gedanken beherrschte. Bevor ich zu Bett ging, stieg ich nach oben und traf mehr Passagiere an Deck an als je zuvor zu so später Stunde. Jasper wanderte allein zwischen ihnen umher, doch ging ich ihm aus dem Weg.

Die Küste Irlands war verschwunden, aber die Nacht und das Meer waren vollkommen. Als ich hinunterging, traf ich in einem der Korridore auf dem Weg zu meiner Kabine die Stewardess, und mir fiel plötzlich ein, sie zu fragen: »Wissen Sie zufällig, wo Miss Mavis ist?«

»Nun, um diese Zeit ist sie für gewöhnlich in Ihrer Kabine, Sir.«

»Meinen Sie, ich könnte sie sprechen?« Mir war in den Sinn gekommen, sie zu fragen, warum sie von mir wissen wollte, ob ich Mr. Porterfield wiedererkennen würde.

»Nein, Sir«, sagte die Stewardess, »sie ist zu Bett gegangen.«

»Ja, natürlich.« Und ich folgte dem vorzüglichen Beispiel der jungen Dame.

Am nächsten Morgen, als ich mich ankleidete, erschien wie immer der für meine Schiffsseite zuständige Steward, um sich zu erkundigen, ob ich etwas benötigte. Doch das Erste, was er zu mir sagte, war: »Ziemlich schlimme Geschichte, Sir – ein Passagier wird vermisst.« Und während mich sofort ein seltsames Frösteln überkam, fuhr er fort: »Eine Dame, Sir – ich glaube, Sie kannten sie. Die arme Miss Mavis, Sir.«

»Vermisst?«, rief ich und starrte ihn entsetzt an.

»Sie ist nicht an Bord. Sie können sie nicht finden.«

»Wo ist sie dann, um Himmels willen?«

Ich erinnere mich an seinen ungewöhnlichen Gesichtsausdruck. »Nun, Sir, das wissen Sie wohl so gut wie ich.«

»Meinen Sie, sie ist über Bord gesprungen?«

»Irgendwann in der Nacht, Sir – klammheimlich. Aber niemand begreift, wie sie das unbeobachtet tun konnte. Normalerweise hätte man sie bemerken müssen, Sir. Es muss ungefähr halb drei gewesen sein. Herrgott, aber sie war schnell, Sir. Sie hat keinerlei Aufsehen erregt. Man sagt, sie sei gegen ihren Willen mitgereist, Sir.«

Ich war auf mein Sofa gesunken – fühlte mich einer Ohnmacht nahe. Der Mann redete weiter, so wie es Menschen seiner Klasse gern tun, wenn sie etwas Schreckliches zu berichten haben. Sie habe normalerweise früh nach der Stewardess geklingelt, aber heute Morgen natürlich nicht. Die Stewardess sei trotzdem ungefähr um acht Uhr hineingegangen und habe die Kabine leer vorgefunden. Dies sei vor einer guten Stunde geschehen. Ihre Sachen hätten alle durcheinandergelegen – die Sachen, die sie für gewöhnlich trug, wenn sie hinaufging. Der Stewardess sei sie am Abend zuvor etwas seltsam vorgekommen, sie habe aber eine Zeitlang gewartet und sei dann noch einmal nachsehen gegangen. Miss Mavis sei immer noch nicht da gewesen – und tauchte auch nicht wieder auf. Die Stewardess habe nach ihr zu suchen begonnen – man hätte sie weder an Deck noch im Salon gesehen. Zudem wäre sie nicht zum Ausgehen gekleidet gewesen. Alle ihre Kleider lägen ja in ihrem Zimmer. Es gäbe da noch eine andere Dame, eine alte Dame, Mrs. Nettlepoint – ich würde sie kennen –, mit der sie manchmal zusammen gewesen sei, aber die Stewardess sei bei *ihr* gewesen und wisse, dass Miss Mavis an jenem Morgen nicht dort war. Sie habe mit *ihm* gesprochen, und sie hätten sich stillschweigend umgesehen – sie hätten überall gesucht. Ein Schiff sei ziemlich groß, aber irgendwann habe man es ganz durchsucht, und wenn eine Person nicht auffindbar wäre, nun, dann gäbe es nur noch die eine Möglichkeit. Kurzum, eine Stunde sei verstrichen, und die junge Dame bliebe unauffindbar: Daraus ließe sich der Schluss ziehen, dass man sie niemals finden werde. Die Wache wisse nicht, wo sie sei, aber zweifellos wüssten es die Fische im Ozean – arme, elende, bedauernswerte Dame! Die Stewardess und er hätten es natürlich für ihre Pflicht gehalten, sofort mit dem Doktor zu sprechen, und der Doktor habe unverzüglich den Kapitän informiert. Der Kapitän sei darüber nicht glücklich gewesen – das seien die nie –, habe aber versucht, Stillschweigen zu bewahren – das machten sie immer.

Bis es mir gelungen war, meine Fassung wiederzuerlangen und mich einigermaßen vollständig anzukleiden, hatte ich erfahren, dass man Mrs. Nettlepoint noch nicht benachrichtigt hatte, es sei denn, die Stewardess habe es ihr in den letzten paar Minuten mitgeteilt. Ihr Sohn, der junge Gentleman auf der anderen Seite des Schiffs, wisse Bescheid – für ihn sei der andere Steward zuständig. Mein Gewährsmann hatte ihn aus seiner Kabine gehen und hinaufeilen sehen, kurz bevor er zu mir kam. Er *sei* nach oben gegangen, dessen war sich mein Mann sicher, nicht zu der Kabine der alten Dame. Erneut überkommt mich das gleiche Gefühl wie in jenem Moment, etwas Schreckliches zu sehen, eine wilde Eingebung, ausgelöst durch die Worte des Stewards, ein blitzartiges Bild von Jasper Nettlepoint, wie er, wahnsinnig vor Gewissensbissen und mit jugendlicher Behändigkeit, über Bord springt. Ich muss jedoch rasch hinzufügen, dass kein solcher Zwischenfall einen grausigen Nachtrag zu der unbeobachteten und unerklärlichen tragischen Tat der armen Grace Mavis hinzufügen sollte. Was folgte, war traurig genug, aber ich kann nur einen kurzen Blick darauf werfen. Als ich Mrs. Nettlepoints Tür erreichte, stand sie mit einem Schultertuch da. Die Stewardess hatte es ihr gerade gesagt, und sie war hinausgestürzt, um zu mir zu kommen. Ich führte sie wieder hinein – sagte, ich würde Jasper holen. Ich suchte nach ihm, verpasste ihn aber, zweifellos auch deswegen, weil mir daran lag, zuerst den Kapitän zu sprechen. Ich fand ihn und merkte, dass er sehr schockiert war, doch machte er mir keine Hoffnung, dass wir uns irrten, und sein Unbehagen, das er mit seemännischer Kraft zum Ausdruck brachte, regelte die Frage ein für alle Mal. Von Deck aus, wo ich lediglich umherging und Ausschau hielt, sah ich das Licht eines weiteren Sommertages, unweit die grüne Küste Irlands und das Meer in einer schöneren Farbe als je zuvor. Als ich wieder hinunterkam, war Jasper zurückgekehrt. Er war in seine eigene Kabine gegangen, seine Mutter hatte sich zu ihm begeben. Dort blieb er, bis wir Liverpool erreichten – ich sah ihn nicht wieder. Auf seine Bitte hin ließ ihn seine Mutter nach einer Weile allein. Alle Welt ging an Deck, um das Land zu bestaunen und über unsere Tragödie zu plaudern, nur die arme Dame verbrachte den Tag trostlos in ihrem Zimmer. Dieser furchtbare Tag schien mir unerträglich lang. Ich dachte ständig an den schattenhaften, unvorstellbaren und doch unvermeidlichen Porterfield und daran, dass ich ihm am nächsten Tag gegenübertreten musste. Jetzt wusste ich natürlich, warum sie mich gefragt hatte, ob ich ihn wiedererkennen würde. Sie hatte mir im Geiste einen gewissen Freundschaftsdienst zugeteilt. Um Mrs. Peck und Mrs. Gotch machte ich einen großen Bogen – ich konnte nicht mit ihnen reden. Mit Mrs. Nettlepoint konnte ich es oder tat zumindest so, aber es gab zu viele Vorbehalte, als dass wir einander hätten Trost spenden können, da ich recht deutlich spürte, wie wenig Erleichterung es ihr verschaffte, wenn ich Jasper erwähnte. Ich musste stillschweigend akzeptieren, dass er mit dem, was geschehen war, nichts zu tun hatte, und ich konnte natürlich nie wirklich herausfinden, *was* er tatsächlich damit zu tun gehabt hatte. Das Geheimnis, das sich zwischen ihm und dem seltsamen Mädchen abgespielt hatte, das nach einer so kurzen Bekanntschaft seine Heiratspläne für ihn aufgegeben hätte, bleibt in seinem Herzen verborgen. Ich weiß, dass seine Mutter immer wieder an seine Tür klopfte, aber er wollte sie nicht einlassen. Um mein Mitgefühl zu zeigen, bat ich an jenem Abend den Steward, zu ihm zu gehen und ihn zu fragen, ob er mich empfangen würde, und der gute Mann kehrte mit einer Antwort zurück, die er freimütig überbrachte: »Keinesfalls!« – Jasper war offensichtlich fast so schockiert wie der Kapitän.

In Liverpool, am Kai, als wir anlegten, kamen zwanzig Personen an Bord, und ich hatte Mr. Porterfield schon von weitem erkannt. Er blickte an der Bordwand des großen Schiffes hinauf, wobei ihm – so nahm es sich für meine müden Augen aus – die Enttäuschung ins Gesicht geschrieben stand, die Enttäuschung, die Frau, auf die er so lang gewartet hatte, nicht über das Schanzkleid lehnen und ihm mit ihrem Taschentuch zuwinken zu sehen. Jeder sah ihn an, jeder, nur sie nicht – es hatte sich im Nu herumgesprochen, wer er war –, und ich fragte mich, ob ihm das nicht auffiel. Früher war er hager und knochig gewesen, doch nun war er beinahe dick und leicht gebeugt. Der Abstand zwischen uns verringerte sich – er ging über den Laufsteg und dann an Deck, zusammen mit den drängelnden Beamten der Zollbehörde, zu schnell für mich, um gelassen zu bleiben. Doch trat ich sofort auf ihn zu, um ihn vor einer Bloßstellung zu bewahren – bekam ihn zu fassen und zog ihn fort, obwohl ich mir sicher war, dass er sich nicht erinnern konnte, mich je zuvor gesehen zu haben. Erst später dachte ich, dass diese Schwerfälligkeit typisch für ihn war. Ich zog ihn weit fort – ich war mir bewusst, dass Mrs. Peck und Mrs. Gotch uns nachblickten, als wir an ihnen vorbeigingen – in das leere, stickige Raucherzimmer. Er sagte kein Wort, und auch das kam mir typisch für ihn vor. Ich musste als Erster sprechen, und er machte es mir nicht einmal leichter durch die Frage: »Ist etwas passiert?« Ich brach das Schweigen, indem ich matt erklärte, dass sie krank sei. Es war ein entsetzlicher Augenblick.

Anhang

Anthony Trollope, 1875

Anthony Trollope

Die Reise nach Panama

Vermutlich unterscheidet sich keine Sphäre, die Männer
und Frauen unserer Zeit vorübergehend betreten, so sehr
von ihrem gewöhnlichen Alltag wie jene, die man auf den
großen Ozeandampfern vorfindet. Vereinzelt werden
Freundschaften geschlossen und Feindschaften erduldet.
Die Tatkräftigen ersinnen bestimmte Grundsätze kurz-
lebiger Diplomatie, und Intrigen, die meist zu harmlosen
Ergebnissen führen, werden von jenen mit äußerstem
Scharfsinn gesponnen, die ohne Aufregung nicht leben
können, während die Faulen und Trägen in Bedeutungs-
losigkeit und allgemeiner Verachtung versinken – was an
Bord eines Schiffes ebenso wie andernorts ihr Schicksal
darstellt. Doch die Freuden und Aktivitäten eines solchen
Lebens zeigen sich nicht vor dem dritten oder vierten Tag
der Reise. Die Männer und Frauen betrachten einander
zunächst mit Misstrauen und unverhohlener Abneigung.
Sie ahnen nichts von den starken Gefühlen, die aufkommen werden, und erwarten zehn, fünfzehn oder zwanzig
Tage des Trübsinns oder der Seekrankheit. Die Seekrankheit vergeht im Allgemeinen am zweiten Tag und der

Trübsinn ungefähr zur Mittagszeit des vierten. Dann beginnen die Männer zu denken, die Frauen seien doch nicht so hässlich, vulgär und geistlos, und die Frauen geben sich nicht mehr so einsilbig, wagen sich zunehmend aus ihren Schlupfwinkeln hervor, in die sie sich anfangs zurückgezogen hatten, und werden umgänglicher, vielleicht sogar mehr, als sie es an Land gewesen waren. Und zwischen den Männern entstehen Bündnisse. Wenn sie diese neue Welt erstmals betreten, betrachten sie einander mit unverkennbarem Abscheu, und jeder hält seinen Nächsten für einen gemeinen Kerl oder sogar für etwas Schlimmeres, doch am vierten Tag, wenn nicht schon früher, hat jeder Mann seine zwei oder drei Verbündete, mit denen er plaudert und raucht und die er in jene eigenartigen diplomatischen Beziehungen und vielleicht Intrigen seiner eigenen Reise einweiht. Die Freundschaften der Frauen entwickeln sich langsamer, denn Frauen sind wohl misstrauischer als Männer, wenn sie aber erst einmal entstanden sind, sind sie beständiger und zeigen sich zuweilen in Gesten weiblicher Zuneigung.

Die bemerkenswertesten Bündnisse sind jedoch jene zwischen Damen und Herren. Dies gilt ebenso an Bord eines Schiffes wie an Land, und von solch einer Beziehung soll auch diese Geschichte erzählen. Solche Freundschaften sind, obwohl sie sehr eng sein können, selten von langer Dauer. Auch wenn sie voll süßer Romantik sein können – denn Menschen werden unter den unbequemen Bedingungen einer Seereise sehr romantisch –, erweisen sich diese Romanzen meist als kurzlebig und trügerisch, gelegentlich sogar als gefährlich.

Auf der Welt existieren mehrere große Schiffsverbindungen, und wie man im Allgemeinen annimmt, scheint England den Mittelpunkt zu bilden. Da gibt es die Great Eastern Line, die von Southampton über den Golf von Biskaya ins Mittelmeer führt. Sie überquert die Landenge von Suez, zweigt ab nach Australien, Indien, Ceylon und China. Dann gibt es die große American Line, die regelmäßig wie ein Uhrwerk über den Atlantik nach New York und Boston führt. Diese Reise ist schon so alltäglich geworden, dass die Überfahrt kaum noch etwas Romantisches hat. Es gibt ein oder zwei weitere nordamerikanische Linien, gegen die man vielleicht denselben Einwand erheben kann. Dann gibt es die Postschiffslinie zur afrikanischen Küste – sehr romantisch, wie ich gehört habe – und die große West-Indian-Route, mit der unsere kleine Geschichte zusammenhängt, groß nicht wegen unserer armen Westindischen Inseln, die gegenwärtig nichts Großartiges hervorbringen können, sondern weil sie von dort weiter nach Mexiko und Kuba, nach Guyana und den Republiken von Granada und Venezuela, nach Mittelamerika, dem Isthmus von Panama und von dort nach Kalifornien, Vancouver's Island, Peru und Chili führt.

Man kann sich vorstellen, dass die Scharen, die die

Küsten Großbritanniens auf dieser Route verlassen, aus aller Herren Länder stammen. Man trifft Franzosen auf dem Weg zu den französischen Zuckerinseln, grundsätzlich nicht sonderlich romantisch; man trifft alte Spanier, europäische Spanier, die versuchen, ihr Vermögen zwischen den Ruinen ihres einstigen Weltreichs zu erneuern, und neue Spanier, also Spanier aus den amerikanischen Republiken, die zwar Spanisch sprechen, deren Manieren und Gesichtszüge sich allerdings von den Dons unterscheiden – Männer und Frauen, die vielleicht eine Spur indianischen Blutes aufweisen, ständig den Dollars nachjagen und wenig mit den schönen Dingen des Lebens anzufangen wissen. Man begegnet auch Holländern und Dänen, unterwegs zu ihren eigenen Inseln. Man trifft Bürger des Sternenbanners, die überall ein Auskommen finden – und, wehe!, vielleicht auch Bürger der neuen Südstaatenflagge mit dem Palmzweig. Außerdem trifft man Engländer jeder Hautfarbe und Klasse und auch Engländerinnen.

Es kommt immer wieder vor, dass Frauen dazu gezwungen sind, die lange Reise allein zu unternehmen. Einige verreisen, um zu ihren Ehemännern zu gelangen, andere, um einen Mann zu finden, und einige wenige, um einem davonzulaufen. Mädchen, die in England eine Erziehung genossen haben, kehren über den Atlantik zurück in ihre ferne Heimat, und andere folgen ihren Verwandten, die ihnen als Pioniere in ein fremdes Land vorausgeeilt waren. Man muss nicht davon ausgehen, dass diese Frauen ganz allein in See stechen und ohne die Hilfe eines freundlichen Armes das Deck betreten. Für gewöhnlich stehen sie unter der Obhut einer vernünftigen älteren Person und scheinen, wenn sie sich erstmals auf dem Schiff zeigen, einer Gesellschaft anzugehören. Doch sehr oft wird nach einiger Zeit ihre wahre Einsamkeit offenbar. Vielleicht ist die vernünftige ältere Person unfreundlich, und bis zum Abend des vierten Tages wird eine neue Freundschaft geschlossen.

Vor nicht allzu langer Zeit entstand eine solche Freundschaft unter den Umständen, von denen ich nun erzählen werde. Ein junger Mann – nicht sehr jung, denn er war bereits über dreißig, aber dennoch ein junger Mann – verließ Southampton auf einem der großen West-Indian-Dampfer in der Absicht, den Isthmus von Panama zu überqueren und weiter nach Kalifornien und Vancouver's Island zu reisen. Es würde zu weit führen, den Grund für diese langen Reisen zu schildern. Hier soll der Hinweis genügen, dass ihn nicht der verfluchte Hunger nach Gold – *auri sacra fames* – in die weite Ferne trieb, auch hatte er nicht die Absicht, sich für immer in einer der entlegenen Kolonien Großbritanniens niederzulassen. Er war verwitwet, und vielleicht war ihm seine Heimat ohne seine junge Frau, die er früh verloren hatte, bitter geworden. Als er an Bord ging, war er in Begleitung eines ungefähr fünfzehn Jahre älteren Gentlemans, der bis St. Thomas sein Schlafabteil mit ihm teilen sollte. Die beiden waren einander vorgestellt worden und erweckten deshalb an Bord der *Serrapiqui* den Eindruck, Freunde zu sein, doch ihre Bekanntschaft hatte erst in Southampton begonnen, und mein Held, der Ralph Forrest hieß, war allein auf der Welt, als er an Deck stand und über die Schiffsreling auf die kleiner werdende Küste Hampshires blickte.

»Wir sollten uns lieber um unsere Plätze kümmern, alter Knabe«, sagte sein neuer Freund und klopfte ihm auf den Rücken. Mr. Matthew Morris war ein erfahrener Reisender und wusste, wie man mit seinen vorübergehenden Gefährten binnen kurzem vertraut wurde. Eine lange Reihe von Reisen hatte ihm alle Scheu ausgetrieben, und wenn es ihm gefiel, konnte er jeden Mann in einer halben Stunde zu seinem Bruder machen und jede Frau in zehn Minuten zu seiner Schwester.

»Plätze? Welche Plätze?«, fragte Forrest.

»Sie sind mir ja ein schöner Kamerad auf dem Weg nach Kalifornien. Wenn Sie nicht besser aufpassen, werden Sie nur wenig zu trinken und nichts zu essen bekommen, bis Sie wieder heimkehren. Wissen Sie denn nicht, dass das Schiff randvoll besetzt ist?«

Forrest gab zu, dass dem so war.

»Bei Tisch gibt es Platz für etwa hundert Personen, und wir haben hundertdreißig an Bord. Folglich müssen sich jene, die nicht aufpassen, später um ihre Plätze balgen. Ich habe jedoch Visitenkarten auf Teller gelegt und Tischplätze reserviert. Wir sollten lieber nach unten gehen und darauf achten, dass keiner dieser spanischen Kerle uns verdrängt.« Forrest folgte also seinem Freund nach unten und sah, dass die langen Tische fast vollständig von Passagieren, die auf das Abendessen warteten, in Beschlag genommen waren. Als er sich niederließ, teilte ihm ein zukünftiger Nachbar in einem nicht gerade freundlichen Ton mit, dass dies der Platz einer Dame sei, und als er seinen Sessel sofort wieder freigeben wollte, hielt Mr. Matthew Morris ihn davon ab. So entstand ein kleiner Streit, der glücklicherweise ohne Blutvergießen beendet werden konnte. Die Dame war momentan nicht anwesend, und der mürrische Gentleman war einverstanden, sich einen leeren Stuhl auf der anderen Seite zu sichern.

Während der ersten drei Tage zeigte sich die Dame nicht. Der mürrische Gentleman, der, wie Forrest später erfuhr, Kaufhäuser in Bridgetown, Barbados, besaß, wurde noch von anderen Damen begleitet. Seine Tochter kam als Erste zum Vorschein, als sie sich am zweiten Tag zum Abendessen schleppte, behauptete, keinen Bissen essen zu können, und prophezeite, sie werde nach fünf Minuten gezwungen sein, sich wieder zurückzuziehen. In dieser Hinsicht überraschte sie sich und ihre Freunde jedoch auf erfreuliche Weise. Dann erschienen die Frau des mürrischen Gentlemans und der Bruder der Frau des mürrischen Gentlemans – auf dessen Befinden der Seegang eine ebenso heftige Wirkung zu haben schien wie auf das der Damen. Und schließlich, zum Frühstück am vierten Tag, tauchte Miss Viner auf und nahm ihren Platz als Nachbarin zu Mr. Forrests Rechten ein.

Er hatte sie zuvor an Deck gesehen, als sie auf einer der Bänke gelegen und vergeblich versucht hatte, es sich bequem zu machen, und seinem Gefährten anvertraut, dass sie sehr unattraktiv, ja beinah hässlich sei. Meine lieben jungen Damen, Männer sprechen immer auf diese Art über Sie, wenn sie Sie erstmals an Bord eines Schiffes sehen! Sie war untröstlich, hatte Kummer und zudem noch körperliche Beschwerden. Sie mochte das Meer nicht. Den mürrischen Gentleman, in dessen Obhut man sie übergeben hatte, mochte sie noch weniger. Die Frau des mürrischen Gentlemans konnte sie nicht besonders gut leiden, und die Tochter des mürrischen Gentlemans, mit der sie die Kabine teilte, hasste sie ganz und gar. Jene junge Dame war seekrank und egoistisch, und auch Miss Viner war seekrank und womöglich ebenso egoistisch. Unter solchen Umständen hätten sie einander sogar gehasst, wenn sie Engel gewesen wären. Kein Wunder, dass Mr. Forrest sie für hässlich hielt, als sie sich auf der breiten Bank wand und vergeblich versuchte, es sich bequem zu machen.

»Sie wird wundervoll aufblühen, bevor wir die Tropen erreichen«, sagte Mr. Morris. »Und Sie werden sie dann nicht mehr so übel finden. Sie ist es, die neben Ihnen sitzen wird.«

»Gott behüte!«, sagte Forrest. Doch war er nichtsdestotrotz ausgesprochen höflich zu ihr, als sie am vierten Morgen tatsächlich erschien. An Bord der West-Indian-Postschiffe geht alle Welt zu den Mahlzeiten nach unten. Bei der Überfahrt von Liverpool in die Vereinigten Staaten geht alle Welt nach oben.

Miss Viner war keineswegs eine blutjunge Dame. Auch sie war beinah dreißig. Die Damen an Bord, die ihr Alter schätzten, hielten sie für sechsunddreißig, aber sie irrten sich. Sie war Irin, und wenn man ihr an Land begegnete, in ihrem natürlichen Zustand, und wenn sie alle fünf Sinne beisammen hatte, war sie keineswegs unattraktiv. Sie hatte strahlende Augen, eine reine dunkle Haut und gute Zähne, ihr Haar schimmerte dunkelbraun, und um ihre Mundwinkel lag ein Hauch von Feingefühl und auch von Humor, was sie vor Mr. Forrests voreiliger Kritik gerettet hätte, wären sie einander unter günstigeren Bedingungen zum ersten Mal begegnet.

»Sie werden sie noch oft zu sehen bekommen«, sagte Mr. Morris zu ihm, als sie sich unmittelbar nach dem Frühstück mit einer Zigarre auf das Mittagessen vorbereiteten. »Sie überquert den Isthmus und reist weiter nach Peru.«

»Meine Güte, woher wissen Sie das denn?«

»Ich weiß inzwischen recht gut, wohin sie alle unter-

wegs sind. Der alte Grantler hat es mir erzählt. Er hat sie
bis St. Thomas am Hals, weiß aber nichts über sie. Dort
übergibt er sie der Obhut des Kapitäns. Sie haben die
Chance, sich bei ihr lieb Kind zu machen, während Sie
mit ihr nach Südamerika reisen.«

Mr. Forrest erwiderte, dass er sie wohl nicht besser
kennenlernen werde, als er sie jetzt schon kenne, aber er
sprach nie wieder über ihre Hässlichkeit. Sie hatte mit
ihm bei Tisch ein oder zwei Worte gewechselt, und er
hatte bemerkt, dass ihre Augen strahlten und sie eine lieb-
liche Stimme besaß.

»Ich fahre ebenfalls nach Panama«, sagte er am Morgen des fünften Tages zu ihr. Zu dieser Zeit war das Wetter wunderschön, und die Oktobersonne, die auf sie her-
abschien, während sie mit jeder Stunde weiter nach
Süden vordrangen, war angenehm und freundlich. Das
große Schiff lag fast reglos über den Tiefen des Atlantiks,
während es mit zwölf Meilen die Stunde durch die Wel-
len pflügte. Mittlerweile war alles an Bord so angenehm,
wie es nur sein konnte, und Mr. Forrest hatte vergessen,
dass Miss Viner ihm so hässlich vorgekommen war, als
er sie das erste Mal gesehen hatte. In dem Moment, als er
mit ihr sprach, fuhren sie durch die Azoren, und er hatte
ihr mit seinem Feldstecher dabei helfen wollen, nach den
Orangenhainen auf den abfallenden Ufern Ausschau zu
halten, Orangenhainen, die sie nicht entdecken konnte,
was ihren Frieden allerdings wenig störte.

»Ich fahre ebenfalls nach Panama.«

»Wirklich?«, sagte sie. »Dann werde ich nicht so entsetzlich einsam und traurig sein. Ich hatte große Angst vor der Weiterfahrt ab St. Thomas.«

»Sie sollen nicht traurig sein, wenn ich es verhindern kann«, sagte er. »Ich bin selber kein großer Reisender, aber was ich tun kann, werde ich tun.«

»Oh, vielen Dank!«

»Schade, dass Mr. Morris Sie nicht begleiten kann. Er ist überall zu Hause und kennt den Weg über den Isthmus genauso gut, als wäre es die Regent Street, die er entlanggeht.«

»Meinen Sie Ihren Freund?«

»Mein Freund, wenn Sie ihn so nennen wollen, und ich hoffe, er ist es wirklich, denn ich mag ihn. Aber ich weiß nicht mehr über ihn als über Sie. Ich bin ebenso einsam wie Sie. Vielleicht sogar noch einsamer.«

»Aber«, sagte sie, »ein Mann leidet nie unter Einsamkeit.«

»Oh! Wirklich nicht? Halten Sie mich nicht für unhöflich, Miss Viner, wenn ich sage, dass Sie sich irren. Sie spüren Ihren eigenen Schuh, wenn er drückt, aber Sie wissen nichts über die zu engen Stiefel Ihres Nachbarn.«

»Vielleicht nicht«, sagte sie. Und sie schwieg einen Moment lang, während sie vorgab, erneut nach den Orangenhainen zu suchen. »Aber es gibt Schlimmeres, Mr. Forrest, als allein auf der Welt zu sein. Oft ist es das Los der

Frau, zu wünschen, allein gelassen zu werden.« Dann verließ sie ihn und suchte Schutz an der Seite der Frau des mürrischen Gentlemans, denn sie spürte vielleicht, dass es klug wäre, ein Gespräch zu unterbrechen, das in Anbetracht der Tatsache, dass Mr. Forrest ein Fremder für sie war, zu persönlich wurde.

»Sie machen fabelhafte Fortschritte, meine Liebe«, sagte die Dame aus Barbados.

»Danke sehr, Ma'am«, sagte Miss Viner.

»Mr. Forrest scheint sich als recht angenehme Gesellschaft zu erweisen. Ich werde Amelia sagen« – Amelia war die junge Dame, mit der Miss Viner sich in ihrer gemeinsamen Kabine nicht vertragen konnte – »ich werde Amelia sagen, dass es falsch ist, keine Aufmerksamkeiten von Gentlemen an Bord entgegenzunehmen. Wenn es nicht zu weit geht«, und sie betonte das »zu weit« überaus deutlich, »dann halte ich es für harmlos.«

»Ich auch«, sagte Miss Viner.

»Andererseits ist Amelia so wählerisch.«

»Das Beste ist, man nimmt solche Dinge, wie sie kommen«, sagte Miss Viner – womit sie vielleicht meinte, dass solche Dinge nie zu Amelia kamen. »Wenn eine Dame weiß, was sie will, muss sie die Aufmerksamkeiten eines Gentlemans nicht fürchten.«

»Das ist genau das, was ich Amelia immer sage, aber sie hat nicht so viel Erfahrung wie Sie und ich, meine Liebe.«

Angesichts dieser Höflichkeiten, die Miss Viner und die vernünftige Dame, in deren Obhut sie sich befand, austauschten, ist es nicht verwunderlich, dass die Erstgenannte sich nicht richtig wohl fühlte in ihrer »Gesellschaft«, als welche die anderen Passagiere die Familie des mürrischen Mannes aus Barbados im Allgemeinen betrachteten.

»Mit Ihnen und Miss Viner geht's ja ganz prima voran«, sagte Matthew Morris zu seinem jungen Freund.

»So prima nun auch wieder nicht«, sagte Forrest.

»Sie ist doch nicht so hässlich, wie Sie anfangs dachten?«

»Hässlich! – nein, sie ist nicht hässlich. Ich glaube nicht, dass ich sie je so bezeichnet habe. Aber sie ist auch keine herausragende Schönheit.«

»Nein, sie wird wohl während der nächsten drei Tage keine Schönheit sein. Bis Sie Panama erreichen, dann wird sie die vollkommene Frau sein. Ich weiß, wie sich solche Dinge entwickeln.«

»Bei mir entwickeln sich solche Dinge nicht gerade im Eiltempo«, sagte Forrest ernst. »Miss Viner ist eine sehr interessante Frau, und da wir anscheinend eine Zeitlang zusammen unterwegs sein werden, ist es nur schön und gut, dass wir höflich miteinander umgehen. Umso mehr, wenn man sieht, wie unfreundlich ihre Mitreisenden zu ihr sind.«

»Das sind sie wirklich. Sie haben auch keinen jungen

Mann dabei. Ich habe beobachtet, dass an Bord eines Schiffes meist niemand freundlich zu unverheirateten Damen ist außer unverheirateten Männern. Das ist ein anerkanntes Gesetz der Seefahrt. Ungewöhnlich heiß, nicht wahr? Wir beginnen die Tropenluft zu spüren. Ich werde gehen und mich mit einer Zigarre im Schlingerbord abkühlen.« Das »Schlingerbord« ist ein bestimmter Bereich des Schiffes, in dem Rauchen erlaubt ist, und dorthin wandte sich Mr. Morris. Forrest begleitete ihn jedoch nicht, sondern ging nach vorn zum Schiffsbug, setzte sich auf ein zusammengerolltes Segel und grübelte über sein einsames Leben.

An Bord der *Serrapiqui* öffnete sich die obere Reihe der Kabinen zu einer langen Galerie, die um jenen Teil des Schiffs unmittelbar über dem Salon führte, so dass man von dort einen erfreulichen Blick auf die Köstlichkeiten werfen konnte, die gerade serviert wurden. An Bord dieser Schiffe ist es üblich, vor dem Abendessen zwei Glocken im Abstand von einer halben Stunde zu läuten. Beim ersten Glockenton gehen die Damen in ihre Kabinen, um sich frischzumachen, doch da die Kleiderordnung auf See nicht übertrieben streng ist, sind diese Vorbereitungen für gewöhnlich abgeschlossen, bevor die zweite Glocke erklingt, und die weiblichen Passagiere versammeln sich ungefähr fünfzehn Minuten vor dem Essen auf der Galerie. Zunächst sind sie dort unter sich, doch nach und nach stoßen einige der unternehmungslustigeren Männer zu

ihnen, bis sich schließlich so etwas wie ein kleine Gesellschaft bildet. Die Kabinen von Miss Viners Mitreisenden
öffneten sich zu einer Seite dieser Galerie und jene von
Mr. Morris und Mr. Forrest zur anderen. Bislang hatte
sich Forrest damit begnügt, auf seiner Seite zu bleiben
und nur gelegentlich den Damen auf der anderen Seite etwas zuzurufen, doch an diesem Tag ging er mutig hin-
über, sobald er sich die Hände gewaschen hatte, und
nahm seinen Platz zwischen Amelia und Miss Viner ein.

»Hier ist es schrecklich überfüllt, Ma'am«, sagte Amelia.

»Ja, meine Liebe, das stimmt«, sagte ihre Mutter. »Aber
was soll man machen?«

»Im Damensalon ist jede Menge Platz«, sagte Miss
Viner. Also wenn es einen Raum an Bord eines Schiffes
gibt, den die Damen noch mehr hassen als jeden anderen,
dann diesen Damensalon. Mr. Forrest wich nicht von der
Stelle, doch darf man bezweifeln, ob er das auch getan
hätte, wenn er Amelias Anspielung gänzlich verstanden
hätte.

Dann läutete die letzte Glocke. Mr. Mürrisch bot
Mrs. Mürrisch seinen Arm. Der Schwager bot Amelia
seinen Arm, und Forrest bot seinen Miss Viner. Sie zögerte einen Moment und nahm ihn dann an, wodurch sie
geistig und körperlich aus der Obhut des vernünftigen
und verheirateten Mr. Mürrisch in die des vielleicht un-
vernünftigen und garantiert unverheirateten Mr. Forrest

wechselte. Sie machte einen Fehler. Eine liebenswürdige, mütterliche alte Dame aus Jamaika, die alles mit angesehen hatte, wusste, dass sie einen Fehler beging, und wünschte sich, es ihr sagen zu können.

Doch es gibt Dinge von der Art, die liebenswürdige alte Damen auszusprechen nicht übers Herz bringen. Schließlich war es nur für die Dauer der Reise. Vielleicht war Miss Viner unvernünftig, aber wer in Peru wäre klüger gewesen? Vielleicht lag die Welt falsch und nicht Miss Viner. *Honni soit qui mal y pense*, sagte sie sich, als sie seinen Arm nahm und beim Einhaken spürte, dass sie nicht mehr so einsam war wie zuvor. An jenem Tag gestattete sie ihm, ihr ein Glas Wein aus seinem Krug einzuschenken. »Sollten Sie nicht lieber meinen nehmen, Miss Viner?«, fragte Mr. Mürrisch laut, doch bevor man ihm antworten konnte, war die Tat vollbracht.

»Nicht so hastig, alter Knabe«, sagte Morris an jenem Abend zu unserem Helden, als sie vor dem Schlafengehen zusammen an Deck spazieren gingen. »Solche Geschichten bringen einen in Schwierigkeiten, bevor man weiß, wo einem der Kopf steht.«

»Ich glaube nicht, dass ich irgendetwas Spezielles zu befürchten habe«, sagte Forrest.

»Wohl nicht, aber halten Sie die Augen offen. Solche Zicken wie Mrs. Mürrisch lassen draußen in den Kolonien ihrer Zunge völlig freien Lauf. Sie werden feststellen, dass unangenehme Nachrichten an Bord des Schiffs bis nach Panama mitreisen, und jeder wird Sie beobachten.« So gewarnt, blieb Mr. Forrest wachsam, und während der nächsten anderthalb Tage kamen er und Miss Viner sich kaum näher. Dies waren die wohl langweiligsten Stunden seiner gesamten Reise.

Miss Viner merkte das und zog sich zurück. Am Nachmittag jenes zweiten Tages ging sie an Deck ein oder zwei Runden mit ihrem kränklichen Schwager, und als Mr. Forrest näher kam, vertiefte sie sich in ihr Buch. Sie meinte es nicht böse, aber wenn sie schon keine Angst vor dem Gerede der Leute hatte, warum verhielt er sich dann so? Also zeigte sie ihm beim Abendessen die kalte Schulter und wollte nicht von seiner Karaffe trinken.

»Nehmen Sie etwas von meinem, Miss Viner«, sagte Mr. Mürrisch laut und deutlich. Doch an jenem Tag trank Miss Viner keinen Wein.

Die Sonne geht schnell unter, wenn man sich den Tropen nähert, und das Tageslicht war bereits verschwunden und die Dunkelheit brach herein, als Mr. Forrest an jenem Abend kurz nach sechs auf das Deck hinausging. Die Nacht aber war schön und mild, und von den Bänken ertönte das Summen vieler Stimmen. Er war unglücklich und betrübt, hatte das Gefühl, verlassen worden zu sein. An Bord des Schiffs gab es nur eine Person, die er mochte, warum also sollte er ihr oder sollte sie ihm aus dem Weg gehen? Bald erblickte er sie. Familie Mürrisch hielt eine ganze Bank besetzt, und sie stand gegenüber und lehnte an der Reling. »Möchten Sie heute Abend spazieren gehen, Miss Viner?«, fragte er.

»Ich weiß nicht«, antwortete sie.

»Dann werde ich Sie so lange fragen, bis Sie es wissen. Es wird Ihnen guttun, denn ich habe Sie den ganzen Tag nicht spazieren gehen sehen.«

»Wirklich nicht? Dann drehe ich eine Runde. Oh, Mr. Forrest, wenn Sie wüssten, was es bedeutet, mit Leuten wie diesen zusammen sein zu müssen.« Und dann, an jenem Abend, entstand aus dem Gespräch so etwas wie die Vertrautheit echter Freundschaft zwischen den beiden. Sie erzählten sich Dinge, die nur Freunde einander erzählen, und die Antworten waren so herzlich, wie sie nur durch das Mitgefühl einer Freundschaft ausfallen können. Ach, beide waren töricht, denn Freundschaft und Mitgefühl sollten tiefere Wurzeln haben.

Sie erzählte ihm ihre ganze Geschichte. Sie reise nach Peru, um einen Mann zu heiraten, der fast zwanzig Jahre älter sei als sie. Sie seien seit langem verlobt, seit zehn Jahren. Als die Verlobung geschlossen wurde, habe man sie mit bestimmten Bedingungen verknüpft. Man habe ihr die Möglichkeit gegeben, sie zu lösen, doch diese Wahl bestünde nicht mehr. Er sei reich, und sie besitze keinen Penny. Er habe ihr sogar die Überfahrt und ihre Kleidung bezahlt. Sie habe nicht nachgegeben und diesen unwiderruflichen Schritt erst unternommen, als die letzten Mittel in England erschöpft waren. Die vergangenen beiden

Jahre habe sie bei einer Verwandten gelebt, die nun tot sei. »Er ist auch noch mein Cousin – ein entfernter Cousin –, verstehen Sie?«

»Und lieben Sie ihn?«

»Ihn lieben! Etwa so, wie Sie die geliebt haben, die Ihnen genommen wurde? So wie sie Sie liebte, als sie sich vor ihrem Tod an Sie klammerte? Nein, gewiss nicht. Eine solche Liebe werde ich niemals kennenlernen.«

»Ist er ein guter Mann?«

»Er ist ein harter Mann. Männer werden hart, wenn sie wie er Geldgeschäfte machen. Er war vor fünf Jahren in der Heimat, und damals habe ich mir geschworen, ihn nicht zu heiraten. Aber seine Briefe an mich sind freundlich.«

Forrest verharrte ein oder zwei Minuten schweigend, denn sie waren wieder vorn am Bug und saßen auf dem Segel, das um den Bugspriet zusammengerollt war, dann antwortete er ihr: »Eine Frau sollte nur einen Mann heiraten, den sie liebt.«

»Ach«, sagte sie, »natürlich verdammen Sie mich. Frauen werden immer so behandelt. Man lässt ihnen keine Wahl und beschimpft sie, weil sie die falsche Wahl getroffen haben.«

»Aber Sie hätten Ihn abweisen können.«

»Nein, das hätte ich nicht. Ich kann Ihnen das Ganze nicht begreiflich machen – wie es damals zu dem Heiratsantrag kam und wie ich unter bestimmten Bedingungen einwilligte. Diese Bedingungen sind nun eingetreten, und ich bin an ihn gebunden. Ich habe sein Geld angenommen und kann nicht fliehen. Man kann leicht davon reden, dass eine Frau nicht ohne Liebe heiraten sollte, ebenso leicht wie man sagen kann, ein Mensch sollte nicht verhungern. Aber es gibt Menschen, die verhungern – sie verhungern, obwohl sie hart arbeiten.«

»Ich wollte Sie nicht verurteilen, Miss Viner.«

»Aber ich verurteile und verdamme mich selbst oft dafür. Wo werde ich in einer halben Stunde sein, wenn ich mich jetzt ins Meer stürze? Ich sehne mich oft danach, es zu tun. Spüren Sie nicht manchmal die Versuchung, mit allem Schluss zu machen?«

»Das Wasser wirkt kühl und lieblich, aber ich gebe zu, dass ich Angst habe vor dem, was danach kommt.«

»Genau wie ich, und diese Angst wird mich zurückhalten.«

»Jeder von uns muss seine traurige Bürde tragen. Ich weiß, dass die meine schwer genug ist.«

»Ihre, Mr. Forrest! Haben Sie nicht all die freudvollen Erinnerungen, auf die Sie zurückgreifen können, und jede Hoffnung auf die Zukunft? An was kann ich mich erinnern oder worauf kann ich hoffen? Aber es ist schon fast acht Uhr, sie werden alle längst beim Tee sitzen. Was wird mein Zerberus zu mir sagen? Das Gerede des Mannes wäre mir egal, wenn man nur die beiden Frauen zum Schweigen bringen könnte.« Dann erhob sie sich und ging zurück nach achtern. Als sie in ihren Sessel glitt, merkte sie, dass Mrs. Mürrisch ihr auf die Finger sah.

Die Weiterreise nach St. Thomas verlief in gewohnter Manier. Die Sonne brannte heiß, und die Passagiere im unteren Deck des Schiffs klagten laut darüber, dass ihre Bullaugen verschlossen waren. Die Spanier saßen den ganzen Tag in der Kabine und spielten Karten, und die Damen bereiteten sich auf den allgemeinen Aufbruch vor, der in St. Thomas stattfinden würde. Das Bündnis zwischen Forrest und Miss Viner blieb so gut wie unverändert, und Mrs. Mürrisch sagte höchst unfreundliche Dinge. Einmal wagte sie es, Miss Viner eine Strafpredigt zu halten, doch jene Dame wusste zu parieren, und Mrs. Mürrisch kam dabei nicht gut weg. Ich sagte bereits, dass das Bündnis unverändert blieb, doch darf man sich nicht vorstellen, dass eine der beiden Personen irgendein Unrecht beging. Sie saßen zusammen, unterhielten sich, und jeder kannte nun die Lebensumstände des anderen, doch wenn einige der Damen sich nicht als prüde Sittenwächter aufgespielt hätten, wäre daran nichts falsch gewesen. Nur wenige Passagiere kümmerte es wirklich, ob Miss Viner einen Verehrer gefunden hatte oder nicht. Die meisten, die weiter nach Panama reisten, waren Spanier, und als die große Trennung näher rückte, hatten die Leute andere Dinge im Kopf.

Dann kam der Moment des Abschieds. Sie liefen früh

am Morgen in jenen hübschen Hafen von St. Thomas ein, und die meisten ahnten nicht, dass sie im übelsten Zentrum des Gelbfiebers inmitten all dieser von Krankheiten heimgesuchten Inseln ankerten. St. Thomas sah, vom Schiff gesehen, wunderschön aus, und wenn das gesagt ist, hat man alles gesagt, was zu dessen Gunsten vorgebracht werden kann. Damals herrschte dort ein geschäftiges Treiben. Ein Boot nach dem anderen steuerte längsseits des großen englischen Schiffes, und jedes nahm einen Teil der Passagiere und des Gepäcks an Bord. Als Erstes legte das Boot ab, das zu den Leeward Islands und nach Demerara fuhr mitsamt Mr. Mürrisch und seiner ganzen Familie.

»Auf Wiedersehen, Miss Viner«, sagte Mrs. Mürrisch. »Ich hoffe, Sie kommen gut ans Ziel Ihrer Reise, aber passen Sie auf sich auf.«

»Ich bin mir sicher, dass alles gutgehen wird«, sagte Amelia, als sie doch tatsächlich ihre Feindin küsste. Erstaunlich, wie sehr sich junge Frauen hassen können und einander zum Abschied dennoch küssen.

»Dass alles gutgeht«, sagte Miss Viner, »wage ich nicht zu hoffen. Aber ich glaube auch nicht, dass irgendetwas wirklich schiefgeht. Auf Wiedersehen, Sir«, und sie reichte Mr. Mürrisch die Hand. Er verließ gerade das Schiff, beladen mit Regenschirmen, Stöcken und Mänteln, und musste die Last absetzen, um eine Hand frei zu haben.

»Nun, auf Wiedersehen«, sagte er. »Ich hoffe, Sie kommen zurecht, bis Sie Ihre Freunde am Isthmus treffen.«

»Ich hoffe, das werde ich, Sir«, erwiderte sie, und so gingen sie auseinander. Dann legte das Postschiff nach Jamaika ab.

»Wir werden uns wohl nie wiedersehen«, sagte Morris, als er seinem Freund herzlich die Hand schüttelte. »So ist es immer. Mischen Sie sich nicht in die Rechte jenes Gentlemans in Peru ein, oder er stößt ihnen vielleicht ein Messer ins Herz.«

»Ich habe nicht die Absicht, ihm in dieser Hinsicht zu schaden.«

»Gut so, und nun leben Sie wohl.« Und so trennten sich auch diese beiden. Am nächsten Morgen brach das Schiff der Nebenlinie nach Mexiko auf, und dann, am Nachmittag des dritten Tages, jenes nach Colón – wie wir Engländer die Stadt an der Ostküste des Isthmus von Panama nennen. An Bord dieses Schiffs begaben sich Miss Viner und Mr. Forrest mitsamt ihrem Gepäck, und nun, da der dreiköpfige Zerberus verschwunden war, zögerte sie nicht länger, ihm zu erlauben, all die kleinen Dinge für sie zu tun, die Männer für Frauen auf Reisen aus gutem Grunde tun sollten. Eine Frau ist unter solchen Umständen ohne Hilfe ziemlich verloren, sie wird leicht an die Wand gedrückt und ist kaum in der Lage, ihre Rechte hinsichtlich der Unterbringung durchzusetzen, und ich glaube, dass kaum jemand Miss Viner deswegen verurteilen würde, weil sie sich und ihr Eigentum der Obhut der einzigen Person anvertraut hatte, die sich ihr gegenüber freundlich zeigte.

Spätabends verließ der Dampfer den Hafen von St. Thomas, und als er ablegte, standen Ralph Forrest und Emily Viner zusammen am Heck des Schiffs und betrachteten die schwindenden Lichter der dänischen Stadt. Wenn mir ein Ort auf dem Antlitz der Erde verhasst ist, dann ist es jene kleine dänische Insel, zu der so viele unserer jungen Seemänner zum Sterben geschickt wurden – ohne dass es einen guten Grund dafür gab. Doch über diese Frage können wir an dieser Stelle nicht diskutieren.

»Ich habe noch fünf Tage für mich und in Freiheit«, sagte Miss Viner. »Das ist alles, was mir vom Leben bleibt.«

»Um Himmels willen, sagen Sie nicht so schreckliche Dinge.«

»Aber soll ich denn um Himmels willen lügen und Worte sagen, die nicht wahr sind, oder soll ich um Himmels willen schweigen und in diesen letzten Stunden, da ich noch sprechen darf, nichts sagen? Es ist die Wahrheit. Zu Ihnen kann ich das doch sagen, warum sollten Sie mir das Reden missgönnen?«

»Ich würde Ihnen nichts missgönnen, was ich für Sie tun kann.«

»Nein, das sollten Sie nicht. Lassen Sie mich ein oder

zwei Tage frei sein, nun, da mein Schreckgespenst nach Barbados weitergezogen ist. Ich frage mich, wie die Chancen stehen, dass der Schiffsantrieb gänzlich versagt und wir während der nächsten Monate im Meer umhertreiben? Ist das nicht ein sehr böswilliger Wunsch?«

»Wir würden allesamt verhungern, sonst nichts.«

»Wir haben doch eine Kuh an Bord und ein Dutzend lebendige Schafe und tausend Hähne und Hennen! Aber wir werden in Santa Marta und Cartagena anlegen. Was würde mit mir geschehen, wenn ich in Santa Marta fortlaufe?«

»Dann müsste ich wohl mit Ihnen fliehen.«

»Oh, natürlich. Und weil ich Sie nicht ins Unglück stürzen will, werde ich es nicht tun. Aber es wäre kein großer Schaden für Sie, wenn wir Schiffbruch erleiden und auf das nächste Postschiff warten müssten.«

»Miss Viner«, sagte er nach kurzem Schweigen – und in der Zwischenzeit war er näher an sie herangerückt, zu nahe, wenn man es genau nimmt –, »im Namen all dessen, was wahr, gut und tugendhaft ist, kehren Sie zurück nach England. So wie Sie empfinden, wenn ich das nach ihren Worten beurteilen kann, die teils scherzhaft gemeint sind …«

»Nichts ist scherzhaft gemeint, Mr. Forrest.«

»So wie Sie fühlen, wäre ein Armenhaus in England besser als ein Palast in Peru.«

»Ein englisches Arbeitshaus wäre besser, doch ein englisches Armenhaus steht mir nicht offen. Sie wissen nicht, was es heißt, Freunde zu haben – nein, nicht Freunde, sondern Angehörige, nur gerade so verwandt, dass Ihr Ansehen für sie von Interesse ist, aber nicht so, dass es sie kümmert, ob Sie glücklich sind. Wenn Emily Viner Mr. Gorloch in Peru heiratet, ist sie auf ehrbare Weise aus dem Weg geräumt. Sie wird keinen Ärger mehr machen, und man kann ihren Namen in Familienkreisen sorglos erwähnen. Es gibt tatsächlich Menschen, Mr. Forrest, die kein Recht auf ein Leben haben.«

»Ich würde nach England zurückkehren«, fügte er nach einer weiteren Pause hinzu. »Wenn Sie so verbittert über fünf weitere Tage in Freiheit reden, dann machen Sie mir wirklich Angst. Kehren Sie zurück, Miss Viner, stehen Sie das Schlimmste durch. Er soll Sie in Panama treffen. Bleiben Sie auf dieser Seite der Landenge und schicken Sie ihm eine Nachricht, dass Sie umkehren müssen. Ich werde die Botschaft überbringen.«

»Und soll ich zu Fuß nach England zurückkehren?«, fragte Miss Viner.

»Das habe ich nicht ganz außer Acht gelassen«, erwiderte er sehr sanft. »Es gibt Augenblicke, da ein Mann wagen muss, einen Vorschlag zu machen, der unter normalen Umständen ungehörig wäre. Geld ist für mich, in bescheidenem Maße, kein großes Hindernis. Als Entschädigung dafür, dass ich Sie tapfer gegen Ihren westindischen Zerberus verteidigt habe, müssen Sie mir gestatten, die Angelegenheit mit dem Agenten in Colón zu regeln.«

»Ich liebe es, Klartext zu reden, Mr. Forrest. Ich glaube, Sie bieten mir ungefähr fünfzig Guineas an.«

»Nun, wenn Sie es so nennen wollen«, sagte er, »wenn Sie Klartext reden wollen, dann ist es das, was ich meine.«

»So würde ich durch meine Reise hierher den Mann, den ich kenne, berauben und betrügen und dazu noch den Mann, den ich nicht kenne, bestehlen. Ich fürchte mich vor dem, was jenseits des Wassers liegt, worüber wir gesprochen haben, doch will ich mich lieber dem stellen, als zu handeln, wie Sie vorschlagen.«

»Die Gefühle zwischen ihm und Ihnen kann ich natürlich nicht beurteilen.«

»Nein, nein, das können Sie nicht. Aber was bin ich doch für ein Unmensch, Ihnen nicht zu danken! Ich danke Ihnen. Würde ich Ihr überaus edelmütiges Angebot annehmen, wäre das gemein von mir. Ich freue mich – ich kann nicht sagen, warum –, aber ich freue mich, dass mir dieses Angebot gemacht wurde. Aber wenn Sie mich als Schwester betrachten, werden Sie einsehen, dass es inakzeptabel ist – ich meine, ich könnte es nicht einmal annehmen, wenn ich mich dazu durchringen könnte, den anderen Mann zu betrügen.«

So reisten sie durch die Karibik und führten immer wieder Gespräche wie das obige. Sie ankerten in Santa Marta und Cartagena, an der Küste Mittelamerikas, und in beiden Häfen gingen sie an Land. Er stellte fest, dass sie über eine recht gute Bildung verfügte und begierig war, alles zu sehen und zu lernen, was sie im Lauf ihrer Reisen sehen und lernen konnte. Am letzten Tag, als sie sich dem Isthmus näherten, brachte sie ihre Gefühle ruhiger und leiser zum Ausdruck als zuvor, und ihre Worte waren weniger trübsinnig.

»Sollte ich ihn am Ende nicht doch lieben?«, sagte sie. »Er kommt den ganzen weiten Weg von Callao hierher, nur um mich zu treffen. Welcher Mann würde von London nach Moskau reisen, um eine Frau abzuholen?«

»Ich – und von dort rund um die Welt und wieder nach Moskau –, für die Frau, die ich will.«

»Ja, aber eine Frau, die Ihnen nie gesagt hat, dass sie Sie liebt! Es ist eine reine Vernunftsache. Also, ich habe meine große Reisetruhe verschlossen und werde ihm den Schlüssel geben, bevor sie je wieder geöffnet wird. Er hat ein Recht darauf, denn er hat fast alles bezahlt, was darin ist.«

»Sie betrachten alles aus einer so nüchternen Perspektive.«

»Das sollte eine Frau auch tun, sonst gerät sie ständig in Schwierigkeiten. Hören Sie, ich werde Sie mit ihm bekanntmachen und ihm sagen, was Sie alles für mich getan haben. Wie Sie Zerberus trotzten und alles Übrige.«

»Ich würde mich gewiss freuen, ihn kennenzulernen.«

»Aber ich werde ihm nichts von Ihrem Angebot erzählen – kein Sterbenswort. Wenn er gütig und sanft zu mir ist, werde ich es ihm später einmal erzählen. Ich kann Geheimnisse nicht gut für mich behalten – wie Sie zweifellos längst bemerkt haben. Wir werden die Landenge sogleich überqueren, nicht wahr?«

»Das sagt der Kapitän.«

»Sehen Sie!« – und sie gab ihm seinen Feldstecher zurück. »Ich kann die Männer auf dem Holzsteg erkennen. Ja, und ich sehe den Rauch einer Lokomotive.« Und dann, etwas über eine Stunde später, drehte sich das Schiff an seinem Ankerplatz.

Colón oder Aspinwall, wie man es nennen sollte, ist ein ebenso abscheulicher Ort wie St. Thomas. Dem Engländer ist der Ort nicht so verhasst, denn er wird von Engländern nicht öfter als nötig aufgesucht. Wir haben hier keine große Niederlassung, die man auch günstig woandershin versetzen könnte. Wenn man jedoch nur seine Vorzüge betrachtet, ist Aspinwall kein abscheulicher Ort. Allerdings ist es ein Glück, dass Reisende, die den Isthmus zum Pazifik überqueren, nie dazu verdammt sind, dort lange zu verweilen. Wenn sie früh am Tag ankommen, können sie gleich mit dem Zug nach Panama weiterfahren. Wenn nicht, bleiben sie bis zum nächsten Morgen an Bord ihres Schiffs. Es liegt natürlich nahe, dass die Transitstrecke hauptsächlich von Amerikanern genutzt wird, denn sie ist die wichtigste Verbindung zwischen New York und Kalifornien.

Weniger als eine Stunde nach ihrer Landung hatten die Zollbeamten von Neugranada ihr Gepäck geprüft, und schon befanden sie sich in der Eisenbahn, die den Isthmus überquert. Die Beamten an diesen entlegenen Orten wirken immer wie Affen, die menschliche Handlungen imitieren. Die Zöllner in Aspinwall öffnen und betrachten die Koffer, wie Affen es tun würden, wobei sie keine klare Vorstellung haben, wonach sie suchen oder welche Güter dieser und jener Sorte nicht eingeführt werden dürfen. In Europa ist es wichtig, Koffer zu untersuchen, die in ein anderes Land gebracht werden, warum also sollten sie nicht ebenso gut wie die Europäer sein?

»Ich frage mich, ob er schon am Bahnhof wartet?«, sagte sie, als sie seit fast drei Stunden unterwegs waren. Forrest merkte, dass ihre Stimme beim Sprechen zitterte und dass sie allmählich nervös wurde.

»Wenn er Panama schon erreicht hat, wird er dort sein. Soviel ich weiß, wurde die Ankunft des Dampfers aus Peru nicht telegrafiert.«

»Dann habe ich einen weiteren Tag – vielleicht zwei. Wir wissen nicht, wie viele. Ich wünschte, er wäre dort. Nichts ist so unerträglich wie bange Erwartung.«

»Und die Reisetruhe muss wieder geöffnet werden.«

Als sie den Bahnhof in Panama erreichten, erfuhren sie, dass das Schiff von der Küste Südamerikas in der Reede lag, doch die Passagiere waren noch nicht von Bord gegangen. Deshalb begleitete Forrest Miss Viner zum Hotel und blieb dort neben ihr im Gästesalon sitzen, nachdem sie aus ihrem Schlafzimmer zurückgekehrt war.

Man konnte davon ausgehen, dass sie vier oder fünf Tage bleiben mussten, und Forrest hatte rasch ein Zimmer für sie gesichert. Er hatte ihr mit dem Gepäck geholfen, hatte ihre Reisetruhe untergebracht und wurde deswegen von den Menschen im Hotel als ihr Freund angesehen. Dann kam die Nachricht, dass die Passagiere an Land gingen, und er wurde ebenso nervös wie sie. »Ich werde ihm entgegengehen«, sagte er, »und ihm sagen, dass Sie hier sind. Ich werde ihn bald finden, ich weiß ja, wie er heißt.« Und er ging hinaus.

Jeder kennt das Durcheinander, das herrscht, wenn die Passagiere eines großen Schiffs in einem Hotel eintreffen. Als Erstes kamen zwei oder drei energische, erhitzte Männer, die sich mittels Brüllen und Drängeln zur Rezeption vorgearbeitet hatten. Sie bekommen stets die schlechtesten Zimmer in den Gasthöfen, weil die Wirte glauben, dass die reichsten Gäste am meisten Gepäck haben und sich deswegen langsamer bewegen. Vier oder fünf Personen dieses Schlages gingen im Vestibül an Forrest vorbei, doch er war nicht dazu geneigt, ihnen Fragen zu stellen. Einer von ihnen hätte, vom Alter her, Mr. Gorloch sein können, doch er stellte sich gleich als Graf Sapparello vor. Dann kam ein älterer Mann, der eine kleine Tasche in der Hand trug. Er war einer von jenen, die sich rühmen, ohne Lasten von Pol zu Pol zu reisen, und die niemanden brauchen, der ihr Gepäck trägt. Da er allein auf der Straße ging, wandte sich Forrest an ihn. »Gorloch«, sagte dieser. »Gorloch. Sind Sie mit ihm befreundet?«

»Eine Freundin von mir ist es«, sagte Forrest.

»Ach, tatsächlich, ja«, sprach der andere. Dann zögerte er. »Sir«, sagte er, »Mr. Gorloch ist in Callao gestorben, nur sieben Tage bevor das Schiff ablegte. Sie sollten lieber mit Mr. Cox sprechen.« Und dann ging der ältere Mann mit der kleinen Tasche weiter.

Mr. Gorloch war tot. »Tot!«, sagte Forrest zu sich selbst, während er sich gegen die Hotelwand lehnte, denn er befand sich immer noch auf dem Bürgersteig. »Sie ist hierher gereist, und er ist gestorben!« Tausend Gedanken stürmten auf ihn ein. Wer sollte es ihr sagen? Und wie würde sie darauf reagieren? Wäre es tatsächlich eine Erleichterung für sie, herauszufinden, dass ihr die ersehnte Freiheit gewährt wurde? Oder würde sie nun, da ihre Gefühle auf die Probe gestellt wurden, den Verlust eines Zuhauses und des Wohlstands und des Ranges, den sie in Peru eingenommen hätte, bedauern? Und vor allem: Würde sie der Tod von jemandem, der ihr so nahe hätte stehen sollen, ins Herz treffen?

Aber was sollte er tun? Wie sollte er seine Freundschaft beweisen? Er kehrte langsam zurück zur Hoteltür, wo sich nun Scharen von Männern und Frauen drängten, als er von einem älteren gutaussehenden Gentleman angesprochen wurde, der ihn fragte, ob er Forrest heiße. »Man sagte mir«, erwiderte der Gentleman, nachdem Forrest ihm geantwortet hatte, »dass Sie ein Freund von Miss Viner sind. Haben Sie die traurige Nachricht aus Callao gehört?« Dann stellte sich heraus, dass jener Gentleman nicht mit Mr. Gorloch bekannt gewesen war, es aber auf sich genommen hatte, Miss Viner einen Brief auszuhändigen. Dieser Brief wurde Mr. Forrest übergeben, und nun war es an ihm, seiner armen Freundin die Nachricht zu überbringen. Was immer er tun wollte, er musste es gleich tun, denn alle, die mit dem Pazifikdampfer eingetroffen waren, kannten die Geschichte, und es war seine Pflicht, zu verhindern, dass Miss Viner die Neuigkeiten unvermittelt und aus dem Mund eines Fremden erfuhr.

Er ging hinauf in den Salon und fand Miss Viner inmitten einer Frauengruppe vor. Er ging auf sie zu, ergriff ihre Hand und fragte sie flüsternd, ob sie einen Moment mit ihm hinausgehen wolle.

»Wo ist er?«, fragte sie. »Ich weiß, etwas ist vorgefallen. Was ist los?«

»Hier herrscht ein solches Gedränge. Kommen Sie einen Moment mit hinaus.« Und er begleitete sie zu ihrem Zimmer.

»Wo ist er?«, fragte sie. »Was ist geschehen? Er lässt mir ausrichten, dass er mich nicht mehr will. Sagen Sie mir: Bin ich von ihm befreit?«

»Miss Viner, Sie sind frei.«

Obwohl sie die Frage selbst gestellt hatte, überraschte sie die Antwort. Aber noch hatte sie keinerlei Vorstellung, was wirklich geschehen war. »So ist es«, sagte sie. »Also, was sonst noch? Hat er geschrieben? Er hat mich gekauft wie einen Packesel und hat wohl das Recht, mich zu behandeln, wie er will.«

»Ich habe einen Brief. Aber, liebe Miss Viner …«

»Na, erzählen Sie mir alles – heraus damit. Sagen Sie es.«

»Sie sind frei, Miss Viner, aber es wird Sie ins Herz treffen, wenn Sie den Grund dafür erfahren.«

»Er hat alles an der Börse verloren. Er ist ruiniert.«

»Miss Viner, er ist tot!«

Ein oder zwei Augenblicke lang starrte sie ihn an, als begriffe sie nicht, was er ihr mitgeteilt hatte. Dann ging sie langsam rückwärts zum Bett und setzte sich. »Tot, Mr. Forrest!«, sagte sie. Er antwortete ihr nicht, sondern reichte ihr den Brief, den sie mechanisch entgegennahm und las. Der Brief stammte von Mr. Gorlochs Geschäftspartner und enthielt alles, was sie wissen musste.

»Soll ich gehen?«, fragte er, als er sah, dass sie den Brief zu Ende gelesen hatte.

»Mich verlassen, ja – nein. Aber Sie sollten mich lieber allein lassen, damit ich über alles nachdenken kann. Weh mir, dass ich so über ihn gesprochen habe!«

»Aber Sie haben nichts Unfreundliches gesagt.«

»Doch, vieles war unfreundlich. Gesagt ist gesagt. Lassen Sie mich jetzt allein, aber kommen Sie bald zu mir zurück. Hier gibt es niemanden sonst, mit dem ich reden kann.«

Er ging, und als er feststellte, dass das Abendessen im Hotel angerichtet war, speiste er. Dann bummelte er in die Stadt, durch die heißen schmalen, verfallenen Straßen, und nachdem er zwei Stunden fortgeblieben war, kehrte er zurück in Miss Viners Zimmer. Als er klopfte, kam sie und öffnete die Tür, und er sah, dass der Boden mit Kleidungsstücken übersät war. »Sie sehen, ich bereite mich auf meine Rückreise vor. Das Schiff läuft übermorgen nach St. Thomas aus.«

»Sie tun schon recht daran, abzureisen – sofort abzureisen. Oh, Miss Viner! Emily, nun müssen Sie sich von mir helfen lassen.«

Fast die ganzen letzten zwei Stunden hatte er an sie gedacht, und ihre Stimme klang immer schöner in seinen Ohren, und ihre Augen kamen ihm sehr strahlend vor.

»Sie werden mir helfen«, sagte sie. »Helfen Sie mir denn nicht, wenn Sie mich zu solch einer Stunde besuchen und mit mir reden?«

»Und Sie werden mich glauben lassen, ich hätte das Recht, als Ihr Beschützer zu handeln?«

»Mein Beschützer! Ich weiß, dass ich eine solche Hilfe nötig habe. In den Tagen, die wir hier gemeinsam verbringen, sollen Sie mein Freund sein.«

»Sie dürfen nicht allein heimkehren. Meine Reisen bedeuten mir nichts. Emily, ich kehre mit Ihnen zurück nach England.«

Da erhob sie sich von ihrem Sessel und sagte zu ihm:

»Nicht um alles in der Welt. Von der Torheit, dass Sie Ihre eigenen Pläne über den Haufen werfen wollen, einmal abgesehen – halten Sie es denn für möglich, dass ich, jetzt, da er tot ist, mit Ihnen gehe? Ich habe mit Ihnen in barschem Ton über ihn gesprochen, und nun, da es meine Pflicht ist, um ihn zu trauern, wie könnte ich das von Herzen tun, wenn Sie bei mir wären? Als er noch lebte, schien es mir, als hätte ich in jenen letzten Tagen das Recht gehabt, meine Gedanken deutlich auszusprechen. Sie und ich sollten uns trennen und nie wiedersehen, und ich betrachtete uns beide als einzelne Personen, die eine Zeitlang die gewöhnlichen Gepflogenheiten der Welt außer Acht ließen. Das ist vorbei. Anstatt mit Ihnen weiterzureisen, muss ich Sie bitten, zu vergessen, dass wir je zusammen waren.«

»Emily, ich werde Sie nie vergessen.«

»Ihre Zunge soll mich vergessen. Ich habe Ihnen keinen Anlass gegeben, gut von mir zu sprechen, und Sie werden zu freundlich sein, um etwas Böses zu sagen.«

Danach erklärte sie ihm alles, was sie aus dem Brief erfahren hatte. Die Vorkehrungen für ihre Reise waren bereits getroffen, man hatte ihr auch Geld geschickt, und Mr. Gorloch hatte sie in seinem Testament berücksichtigt, nicht großzügig angesichts seines Reichtums, aber doch ausreichend.

Und so gingen sie in Panama auseinander. Sie wollte ihm nicht einmal gestatten, mit ihr die Landenge zu überqueren, sondern drückte herzlich seinen Arm, als er sie am Bahnhof verließ. »Gott segne Sie!«, sagte er. »Und möge Gott Sie segnen, mein Freund!«, erwiderte sie.

So brach sie allein nach England auf, und er reiste weiter nach Kalifornien.

Bothnia, Cunard Line, gebaut von J. & G. Thomson & Co.,
Glasgow, 1874–1879

Die Nacht und das Meer
Nachwort

»Ich fühle mich wie eine kleine braune Schnecke, die einer glanzvollen Antilope hinterherkriecht.« Mit diesen Worten beschrieb Henry James in einem Brief vom 2. Januar 1888 seinem alten Freund, dem erfolgreichen und überaus produktiven Schriftsteller William Dean Howells, seine momentane Lage. Seine letzten beiden Romane, *The Bostonians* (dt. *Damen in Boston*) und *The Princess Casamassima* (dt. *Die Prinzessin Casamassima*), in die der Autor große Hoffnungen gesetzt hatte, hatten bei Lesern und Kritikern keinen entsprechenden Anklang gefunden. Durch den Misserfolg schien das Interesse von Verlegern und Redakteuren an James' Texten stark nachgelassen zu haben, denn obwohl er – nach eigenem Bekunden – in letzter Zeit etliche gute Geschichten verfasst hatte, wurde nichts davon veröffentlicht: »Die Redakteure halten sie monate- & jahrelang zurück, als ob sie sich ihrer schämten, & ich bin offenkundig zu ewigem Schweigen verdammt. […] Aber ich verzage nicht, denn ich glaube, ich bin nun wirklich in besserer Form, um zu arbeiten, als ich es je im Leben gewesen bin, & ich habe die Absicht, noch vieles zu schreiben. Höchstwahrscheinlich wird der Tag kommen, da meine ganze begrabene Prosa ihre verschiedenen Grabsteine gleichzeitig umzustoßen vermag.«

Und tatsächlich: Nur wenige Wochen später erfüllte sich die Prophezeiung, die Grabsteine wurden umgestoßen, und nicht weniger als acht Erzählungen, Romane und Novellen, die heute zu Henry James' besten gezählt werden und die Howells als eine Serie von Meisterwerken bezeichnete, wurden in kurzen Abständen in verschiedenen Zeitschriften veröffentlicht. Bis September 1888 erschienen *Louisa Pallant*, *The Reverberator*, *The Aspern Papers*, *The Liar*, *Two Countries*, *A London Life*, *The Lesson of the Master* und schließlich *The Patagonia* (dt. *Überfahrt mit Dame*).

James' Geschichten basieren fast immer auf tatsächlichen Begebenheiten, persönlichen Erlebnissen und Anekdoten, die er aufgeschnappt hatte. So liegt zum Beispiel der Ursprung des Romans *The Aspern Papers* (dt. *Die Aspern-Schriften*) im Zusammentreffen des amerikanischen Shelley-Verehrers Captain Edward Silsbee mit der steinalten früheren Geliebten Lord Byrons, Claire Clairmont, die angeblich freizügige Liebesbriefe der berühmtesten englischen Romantiker aufbewahrte. Der Dichter Eugene Lee-Hamilton hatte Henry James während eines Aufenthalts in Florenz davon erzählt. Die anderen oben erwähnten Werke gehen auf ähnliche Quellen zurück, das heißt Klatschgeschichten, die im Freundes- und Bekanntenkreis kursierten.

Ein erster Hinweis auf den Ursprung der Novelle *The Patagonia* findet sich in James' Notizbüchern, anhand deren man den kreativen Prozess von der Inspiration bis zur endgültigen Fassung gut nachvollziehen kann. Hier ein Eintrag vom 5. Januar 1888: »*The Patagonia.* Der Name eines Schiffs (eine langsame Überfahrt mitten im Sommer von Boston – ein alter Dampfer der Bostoner Cunard-Reederei – nach Liverpool), auf dem sich die kleine tragische Geschichte abspielen soll, zur der mich Mrs. Kembles Anekdote über Barry St. Leger und die Dame (verheiratet mit einem Mann, der in England auf sie wartet), die zusammen von Indien aus in See stachen, inspiriert hat. Sie war jung und schön und wurde der Obhut des Kapitäns anvertraut. Zu einem bestimmten Zeitpunkt der Reise wurde der Kapitän darüber informiert, dass die Passagiere schockiert seien, wie sie mit B. St. L. flirtete und anbändelte. Sie erfuhr davon – und eines Nachts sprang sie über Bord. Bewundernswertes kleines trauriges Sujet.«

James erkannte in der Anekdote, welche die berühmte Schauspielerin Fanny Kemble womöglich ursprünglich von ihrer engen Freundin Harriet St. Leger gehört hatte, sogleich den möglichen Kern einer neuen Erzählung. Er verlegte zunächst die Handlung auf die ihm wohlvertraute Schiffsverbindung zwischen Boston und Liverpool und rückte sie so in die unmittelbare Nähe einiger seiner früheren Werke, in denen transatlantische Beziehungen im Mittelpunkt stehen. Es sollte jedoch noch einige Wochen dauern, bis die geplante Novelle Gestalt annahm. Die Anekdote hatte nämlich einen heiklen Aspekt: Sie handelte von der Beziehung einer verheirateten Frau zu einem jungen ledigen Mann – ein Thema, das für die amerikanischen und englischen Zeitschriften, in denen James veröffentlichte, weitgehend tabu war. Für den Autor war dies ein Ärgernis, aber auch ein Problem, das er lösen musste, wenn er seinen Text verkaufen wollte. »O Geist von Maupassant, eile mir zu Hilfe!«, schrieb er in sein Notizbuch, und später, in der fertigen Novelle, gibt es eine kleine Szene, die dieses Problem andeutet: In der Vorstellung des Erzählers verwandelt sich Miss Mavis in die verheiratete Heldin eines französischen Romans.

Es sollte einige Zeit vergehen, ehe James eine zufriedenstellende Lösung fand und die Handlung und die Figuren seiner Novelle etwas ausführlicher skizzierte. Am 11. März 1888 schrieb er: »Hier sitze ich, begierig, mit der Arbeit zu beginnen: nur fehlt es mir noch an Konzentration, um dranzubleiben: voller Ideen, voller Ehrgeiz, voller Talent – glaube ich zumindest. Manchmal scheinen jedoch die Entmutigungen größer zu sein als alles andere – die Verzögerungen, die Unterbrechungen, das *éparpillement* [die Zerstreuung] etc. Aber Mut, Mut und voran, voran. Wenn man schon verallgemeinern muss, ist dies die einzige Verallgemeinerung. Es gibt ungeheuer viel zu tun, und ohne eitle Anmaßung – ich werde schlimmstenfalls einen Teil davon erledigen. Doch muss man die ganze Mannhaftigkeit zusammennehmen.«

Auf den kurzen Tagebucheintrag folgt ein ausführlicher Entwurf, der von Fanny Kembles Anekdote nur die Seereise, den Tratsch an Bord des Schiffs und den Selbstmord der Hauptfigur übernimmt. Aus der jungen verheirateten Frau, die aus Indien nach England heimkehrt, wird eine ältere verlobte Dame der amerikanischen Mittelschicht, aus dem britischen Offizier St. Leger ein egozentrischer Schönling der amerikanischen Oberschicht, der sich bestens darauf versteht, andere für seine Zwecke auszunutzen – eine Figur, die in verschiedenen Variationen und Verkleidungen durch James' Werke geistert. Die Dame, Grace Mavis, ist auf dem Weg, eine durch die Umstände unvermeidliche Vernunftehe einzugehen. Der Schönling ist – möglicherweise – auf ein kleines Liebesabenteuer aus. Genaues erfährt man nicht, vieles bleibt buchstäblich im Dunkeln und wird durch den Erzähler, der die Ereignisse miterlebt hat, interpretiert. Die Figur des beteiligten Erzählers ist James' interessantester Kunstgriff, der auch dem Autor selbst besonders wichtig war: »Ich muss die Geschichte als Augenzeuge erzählen«, notierte er in sein Tagebuch, und diese Perspektive sollte es ihm ermöglichen, den tragischen Vorfall, mit dem die Novelle endet, noch vieldeutiger und unerklärlicher zu machen. In der ursprünglichen Anekdote wird die Dame durch den Klatsch an Bord in den Selbstmord getrieben. In James' Version bleibt vieles ungewiss. Verzagt die Heldin an dem Skandal, den sie verursacht, an dem Gefühl, das Gesicht verloren zu haben, an verschmähter Liebe oder an einer unausgesprochenen Angst vor der Zukunft? Der Erzähler hat keine Antwort, und ihm wird von seiner alten Freundin Mrs. Nettlepoint sogar bescheinigt, dass seine Sicht der Dinge nicht unbedingt mit der Wirklichkeit übereinstimmen muss: »Wissen Sie was, sie beobachten nicht – Sie bilden sich etwas ein.«

Der Beobachter erscheint also als ein Augenzeuge mit der Phantasie eines Schriftstellers, und es bleibt am Ende durchaus eine Möglichkeit, dass er es war, der die Katastrophe auslöste, indem er eben nicht nur beobachtete, sondern das Geschehen auch interpretierte und den Verlauf durch seine Eingriffe mit lenkte – die Akteure zur Rede stellte und seine Interpretationen weitererzählte.

Henry James hatte beim Schreiben ständig Bedenken, dass sich seine geplante Novelle zu einem Roman ausweiten könnte, doch dürfte ihm früh klar geworden sein, dass der besondere Reiz der Geschichte nicht im umfassenden Ausleuchten der Ereignisse und der Motive seiner Figuren liegt, sondern im Unbestimmten, Ungesagten, in einer anspielungsreichen Erzählweise, die dem Leser viel Raum für eigene Schlussfolgerungen lässt und zu mehrfacher Lektüre einlädt. Viele Fragen zu Grace Mavis' Motiven und Gefühlen bleiben unbeantwortet. In Fanny Kembles Geschichte scheint der Skandal, den die Dame an Bord des Schiffes verursachte, der wichtigste Beweggrund für ihr Handeln gewesen zu sein. In James' Novelle gewann dieser Aspekt der Ausgrenzung und Schmähung durch die kleine Gesellschaft der Mitreisenden erst Bedeutung, als der Autor die Figur der Mrs. Peck einführte und den Text von geplanten drei auf vier Kapitel erweiterte. James ist es gelungen, aus einer gewöhnlichen Klatschbase eine Figur zu machen, die immer bedrohlicher wird, je länger man über sie nachdenkt. Vielleicht ist es übertrieben, an dieser Stelle von der vielzitierten »Banalität des Bösen« zu sprechen. Aber genau das ist es, was Mrs. Peck zu solch einer wirkungsvollen Schöpfung macht: ihre gefühllose Selbstgerechtigkeit, ihre Anmaßung, über andere zu urteilen und für andere zu sprechen, ihre Taubheit gegenüber mäßigenden oder relativierenden Einwänden – und all das bei einer ansonsten durchschnittlichen, talentfreien und geistlosen Person. Ihre Reaktion auf Grace Mavis' Suizid wird nicht beschrieben, doch ist auch hier das Ungesagte effektiver, als es irgendeine ausführliche Darstellung hätte sein können.

Henry James Leistung wird nicht geschmälert, wenn man weiß, dass Fanny Kembles Anekdote nicht die einzige Quelle der Inspiration war, aus der er schöpfte. Die zweite, vielleicht sogar wichtigere war Anthony Trollopes Kurzgeschichte *The Journey to Panama* (dt. *Die Reise nach Panama*). Es ist kein Geheimnis, dass James das umfangreiche literarische Werk Trollopes – seine Gesellschaftsromane, Erzählungen, Reiseberichte und Biographien – ausgezeichnet kannte und 1883 einen Essay veröffentlichte, in welchem er den Autor nur einen kleinen Schritt weit hinter den größten englischen Autoren seiner Epoche, Charles Dickens und William Makepeace Thackeray, einordnete. In demselben Essay, den er im Januar oder Februar 1888 für den Sammelband *Partial Portraits* überarbeitete, erwähnt James beiläufig, dass er einmal die Ehre hatte, in Gesellschaft Trollopes den Atlantik zu überqueren. Er lobt dessen persönliche Liebenswürdigkeit und Herzlichkeit und schildert kurz, wie Trollope sich vor jeder Schiffsreise vom Schiffszimmermann ein kleines Schreibpult in die enge Kabine einbauen ließ, in der er sich jeden Vormittag einschloss, um seiner schriftstellerischen Tätigkeit nachzugehen. James reiste damals, Ende Oktober 1875, bei stürmischem Wetter auf dem neuen Cunard-Dampfer *Bothnia* von Boston nach Liverpool, um im November eine Stelle als Korrespondent der *New York Tribune* in Paris anzunehmen. Er hatte in jungen Jahren zwei oder drei Romane Trollopes verrissen und sie ein wenig selbstherrlich als »dumm« abgefertigt. In einem Brief an die Eltern bezeichnete er den englischen Autor kurz und knapp als »den langweiligsten Briten von allen«. Nach dessen Tod im Jahr 1882 änderte James seine Meinung, bewunderte die menschliche

Wärme in Trollopes Texten, kritisierte aber auch seinen Hang, den Leser direkt anzusprechen, und distanzierte sich von ihm als jemand, der nur für die Gegenwart und nicht für die Nachwelt schreibe: »Trollope wird einer der vertrauenswürdigsten, wenn auch nicht eloquentesten jener Schriftsteller bleiben, die die menschliche Seele dabei unterstützten, sich selbst kennenzulernen. Die menschliche Seele hält dies nicht immer für wünschenswert, manchmal betrachtet sie die Geschichte lieber auf andere Weise – sie betrachtet die Manifestationen, ohne sich um die Motive zu kümmern.«

Im Grunde skizziert James hier auch den wesentlichen Unterschied zwischen seiner Novelle *The Patagonia* und Trollopes *Journey to Panama*. Letztgenannte Erzählung schildert die Ereignisse aus einer Perspektive, die am Ende keine Zweifel bezüglich der Motive und Beweggründe der Figuren aufkommen lässt. Es gibt keine Ungewissheiten, keine offenen Fragen, keinen Raum für Spekulationen. Eine einfache Geschichte, die dennoch zu fesseln vermag und von der Liebe des Autors zu seinen Figuren zeugt, die man bei dem »kaltblütigen«, oft ironischen, manchmal zynischen Beobachter in James' Novelle vielleicht vermisst.

Trollope wurde ebenfalls von einer wahren Begebenheit inspiriert. Jemand hatte ihn gebeten, einer Frau, die nach Übersee aufbrechen sollte, um zu heiraten, mitzuteilen, dass ihr Verlobter gestorben sei. Sie reagierte, indem sie sogleich ihre Koffer aus- und wieder einpackte, wobei sie das obenauf liegende Hochzeitskleid ganz nach unten verstaute. Anthony Trollope schrieb seine Geschichte eigens für eine Anthologie des feministischen Verlags Victoria Press, und die entsprechende sozialkritische Botschaft lässt sich am besten mit den Worten der tragischen Heldin Miss Viner zusammenfassen: »Ein englisches Armenhaus steht mir nicht offen. Sie wissen nicht, was es heißt, Freunde zu haben – nein, nicht Freunde, sondern Angehörige, nur gerade so verwandt, dass Ihr Ansehen für sie von Interesse ist, aber nicht so, dass es sie kümmert, ob Sie glücklich sind. Wenn Emily Viner Mr. Gorloch in Peru heiratet, ist sie auf ehrbare Weise aus dem Weg geräumt. Sie wird keinen Ärger mehr machen, und man kann ihren Namen in Familienkreisen sorglos erwähnen. Es gibt tatsächlich Menschen, Mr. Forrest, die kein Recht auf ein Leben haben.«

Henry James hat dieses Sujet der nicht mehr ganz jungen Frau, deren einzige Zukunftsperspektive in einer lieblosen Ehe besteht, höchstwahrscheinlich von Trollope übernommen – man kann dies aus den vielen Ähnlichkeiten und Parallelen der beiden Texte schließen, zum Beispiel aus der gleichlangen Verlobungszeit von Miss Mavis und Miss Vine und aus dem Chaos in Grace Mavis' Kabine, das andeutet, dass auch sie ihren Koffer aus- und wieder einpackte. Allerdings setzt James' Sozialkritik früher ein und bezieht sich nicht allein auf die Rolle der Frau und ihrer aufgrund ihres Geschlechts eingeschränkten Selbstbestimmung. Für ihn sind die Beziehungen zwischen den verschiedenen Gesellschaftsschichten das wichtigere Thema. Seine Heldin Miss Mavis stammt aus einer gesellschaftlichen Vorhölle, »die sich hier und da zu einem hübschen Gesicht verdichtet, wo Töchter ihren Müttern eine ›Zierde‹ sind und manchmal mit Gentlemen aus prächtigeren Wohngegenden Bekanntschaft schließen, mit Gentlemen, deren Frauen und Töchter an diesen Bekanntschaften nicht teilhaben.« Grace Mavis' Beziehung zu Jasper Nettlepoint erscheint von Anfang an im Licht einer bequemen und kurzlebigen Liebschaft, die für den Liebhaber nie mehr als eine Spielerei sein würde, während sie für die junge Dame möglicherweise die letzte, wenn auch trügerische Hoffnung auf einen glücklichen Ausweg darstellte. James zeigt, dass die amerikanische Klassengesellschaft ebenso erbarmungslos Grenzen setzt wie die englische, auch wenn er anfangs in der Figur der Mrs. Nettlepoint die bedingungslose, alle Klassenschranken überwindende Hilfsbereitschaft als typisch amerikanische Tugend präsentiert.

Die Unterschiede und Gemeinsamkeiten der englischen bzw. europäischen und amerikanischen Gesellschaft sowie ihre Wechselbeziehungen, die durch die neuen, vergleichsweise schnellen Dampfschiffsverbindungen verändert und intensiviert wurden, spielen in

Henry James' literarischem Werk eine zentrale Rolle. In zahlreichen seiner über hundert Erzählungen wie auch in seiner erfolgreichsten, *Daisy Miller* (1877), und in etlichen seiner zwanzig großen Romane, darunter seine bekanntesten *The Portrait of a Lady* (dt. *Bildnis einer Dame*, 1881) und *The Wings of the Dove* (dt. *Die Flügel der Taube*, 1902), steht diese Frage im Mittelpunkt. *The Patagonia* deutet diese Beziehungen vor dem Hintergrund einer Atlantiküberquerung an, wobei der Dampfer selbst ein angemessenes Symbol für die neugestalteten transatlantischen Beziehungen darstellt. Dennoch wäre es zu einfach, die Novelle lediglich als eine weitere Variante jenes für den Autor so wichtigen Themas anzusehen.

»Ich muss mein Bestes geben«, hatte James notiert, bevor er sich im März 1888 an die Arbeit machte. Das Ergebnis, das im August und September veröffentlicht wurde, kann wirklich zu den besten kürzeren Werken des Autors gerechnet werden, obwohl es auch zu seinen unbekanntesten zählt und von Literaturwissenschaftlern und Biographen kaum beachtet wurde. Virginia Woolf kritisierte Henry James' Romane als »sehr geruhsam, wie ein Spaziergang in der Abenddämmerung«, und meinte, ein Genie müsse schreiben, dass es »wie ein schnell dahineilender Strom« wirke. So berechtigt diese Ansicht in Bezug auf andere Texte sein mag, so wenig gilt sie für *The Patagonia*. Obwohl das Meer während der Überfahrt ungewöhnlich ruhig bleibt und die Nächte klar und mild sind, spürt man am Ende die unbarmherzige Tiefe und Dunkelheit. Es ist eine Reise ins Herz der Finsternis, jener Region, die uns mit der Tatsache konfrontiert, dass Menschen nicht unbedingt rational handeln und dass wir nie wirklich wissen können, was in unseren Nächsten vorgeht. Henry James wusste, dass jedes Urteil ein Vorurteil sein kann.

Alexander Pechmann

Chronik

1843   *15. April*: Henry James wird als Sohn von Henry James senior und Mary James, geb. Walsh, in New York geboren.

1843/44   Die Eltern reisen mit Henry und seinem älteren Bruder William nach Paris und London.

1845–1855 Kindheit in Albany und New York.

1855–1858 Besucht Schulen in Genf, London, Paris und Bologne-sur-mer.

1858   Die Eltern ziehen nach Newport, Rhode Island.

1859   Schulbesuch in Genf, lernt in Bonn Deutsch.

1860   Schulbesuch in Newport. Erleidet bei einem Einsatz mit der freiwilligen Feuerwehr eine Rückenverletzung. Wegen dieser Verletzung wird er kurz vor Ausbruch des Bürgerkriegs als untauglich für den Militärdienst eingestuft.

1862/63   Studiert Jura in Harvard.

1864   Die Familie zieht nach Boston, dann nach Cambridge. Erste Kurzgeschichte erscheint anonym.

1865   Erste Kurzgeschichte unter eigenem Namen wird im *Atlantic Monthly* veröffentlicht.

1869/70   Reisen durch England, Frankreich und Italien.

1870   Cambridge. Erster Roman wird veröffentlicht: *Watch and Ward*.

1872–1874	Reist mit einer Tante und seiner Schwester Alice durch Europa. Beginnt Arbeit an *Roderick Hudson*.
1875	New York. *Roderick Hudson* und zwei Bände mit Reiseskizzen und Erzählungen werden veröffentlicht.
1875/76	Paris. Trifft Autoren wie Turgenjew, Flaubert, Maupassant, Zola. Arbeit an *The American* (dt. *Der Amerikaner*).
1876/77	London. Reisen nach Paris, Florenz, Rom.
1878	Die Novelle *Daisy Miller* wird ein Erfolg in England und den USA. *The Europeans* (dt. *Die Europäer*) wird veröffentlicht.
1879–1882	*Washington Square* (dt. *Die Erbin vom Washington Square*), *Confidence* (dt. *Vertrauen*), *Portrait of a Lady* (dt. *Bildnis einer Dame*) werden veröffentlicht.
1881–1883	Boston. Tod beider Eltern.
1884	Umzug nach London. Seine Schwester Alice folgt ihm nach England.
1886/87	*The Bostonians* (dt. *Damen in Boston*), *The Princess Casamassima* (dt. *Die Prinzessin Casamassima*) werden veröffentlicht, arbeitet an *The Aspern Papers* (dt. *Die Aspern-Schriften*) und *The Reverberator*. Reisen nach Florenz und Venedig.
1888	*The Patagonia* (dt. *Überfahrt mit Dame*), *Partial Portraits*, zahlreiche Erzählungen.
1890	Schreibt Komödien, die allesamt abgelehnt werden, und Bühnenfassung von *The American* – ein Misserfolg.
1892	Alice stirbt in London.
1895	Sein Bühnenstück *Guy Domville* wird ausgepfiffen. Gibt seine Theaterambitionen auf.

1896/97   *The Spoils of Poynton* (dt. *Die Schätze von Poynton*),
          What Maisie Knew (dt. *Maisie*).

1898   Umzug nach Rye, Sussex. *The Turn of the Screw*
          (dt. *Die Drehung der Schraube*).

1899/1900 Freundschaft mit Joseph Conrad und H. G. Wells.
          The Awkward Age, The Sacred Fount (dt. *Der Wunder-
          brunnen*).

1902–1904 *The Ambassadors* (dt. *Die Gesandten*), *The Wings of
          the Dove* (dt. *Die Flügel der Taube*), *The Golden Bowl*
          (dt. *Die goldene Schale*). Trifft Hans Christian An-
          dersen.

1905   USA-Reise. Vorträge über Sprache und Literatur.

1906–1910 Überarbeitet Romane und Erzählungen für die New
          York Edition seiner Werke in 24 Bänden.

1910   Sein Bruder William stirbt.

1913   Arbeitet an seiner Autobiographie, deren dritter
          Band unvollendet bleibt.

1914   Besucht ehrenamtlich verwundete britische Solda-
          ten.

1915   Nimmt die britische Staatsbürgerschaft an.

1916   *28. Februar*: Henry James stirbt in Chelsea, die Asche
          wird im Familiengrab in Cambridge, Massachusetts,
          beigesetzt. Sein Gesamtwerk umfasst 20 Romane,
          112 Erzählungen, 12 Theaterstücke, einige Reisebe-
          richte, Essays, literaturwissenschaftliche Publikatio-
          nen – darunter eine Monographie über Nathaniel
          Hawthorne – und autobiographische Texte. Private
          Aufzeichnungen und Briefe wurden in verschiedenen
          Editionen publiziert, sind aber bislang nicht vollstän-
          dig erschlossen.

Anmerkungen

5 *Beacon Street* – Damals eine der vornehmsten Straßen von Boston, führte vom Beacon Hill zur Back Bay.

Clubhaus – Der sehr exklusive Sumerset Club am oberen Ende der Beacon Street, mit Blick auf den Park Boston Common.

Geschwindigkeitsklasse – Als Henry James 1874 den Atlantik überquerte, wurde – womöglich zu seinem Bedauern – ein älteres Schiff gegen ein schnelleres ausgetauscht.

6 *Mount Desert* – Insel vor der Küste Maines, damals exklusiver Urlaubsort.

8 *Back Bay* – Mrs. Nettlepoints Haus liegt auf der Seite des Beacon Hill, von der aus man die Gegend sieht, wo der Charles River in den Bostoner Hafen mündet.

14 *South End* – Damals ein neuer Stadtteil Bostons, südlich der Back Bay, als exklusives Wohnviertel geplant, aber von den wirklich wohlhabenden Familien gemieden.

15 *Mattapoisett* – Stadt im Südosten von Massachusetts.

22 *École des Beaux Arts* – Kunstakademie in Paris.

25 *Horticultural Hall* – 1865 erbaut, öffentliches Gebäude im Zentrum von Boston.

Tarlatan – Feiner Baumwollstoff.

32 *jeunesse des écoles* – Die jungen Studenten.

39 *Elle ne sait pas se conduire* – Sie weiß nicht, wie man sich benimmt.

40 *cœur de mère* – Mutterherz.

47 *ces demoiselles* – Diese jungen Damen.

54 *französischen Roman* – Hier scheint der Autor an das Thema Ehebruch zu denken, an die Werke Maupassants und Flauberts *Madame Bovary*, einen Roman, den er sehr schätzte. James hatte Gustave Flaubert im Januar 1876 persönlich kennengelernt. Ehebruch war als Thema in amerikanischen und englischen Zeitschriften, in denen Henry James publizierte, tabu.

62 *Ohne Hast, ohne Rast* – Im Original deutsch. James hatte 1859 in Bonn Deutsch gelernt.

64 *Batignolles* – Damals neues Arbeiterviertel in Paris.

94 *n'en parlons plus* – Sprechen wir nicht mehr davon.

117 *Suez* – Der Suezkanal wurde erst 1869, nach einer Bauzeit von zehn Jahren, fertiggestellt. Die Landenge wurde 1861, als Trollope seine Erzählung schrieb, mit dem Zug überquert.
Isthmus von Panama – Vor der Fertigstellung des Panamakanals wurde die Landenge von Panama mit einer Eisenbahnlinie überquert, die von Colón (früher Aspinwall) nach Panama-Stadt führte und zwischen 1850 und 1855 gebaut wurde. Davor musste man auf dem Seeweg um Kap Hoorn nach Kalifornien reisen.

118 *Südstaatenflagge mit dem Palmzweig* – 1860/61 lösten sich elf amerikanische Südstaaten aus der Union und bildeten die Konföderierten Staaten von Amerika, mit eigenen Flaggen, Staatssymbolen etc. Der Bürgerkrieg zwischen Nord und Süd brach am 12. April 1861 aus.

130 *Honni soit qui mal y pense* – Ein Schelm, wer Böses dabei denkt.

135   *St. Thomas* – Die Insel Saint Thomas im Karibischen Meer,
amerikanische Jungferninseln, Hauptstadt Charlotte Amalie.

136   *Leeward Islands und Demerara* – Die südlichen Inseln unter
dem Winde (Karibik) und eine Hafenstadt in Guyana.

138   *dänischen Stadt* – Charlotte Amalie auf Saint Thomas war
erst holländische, dann dänische Kolonie. Der Hafen war
während der napoleonischen Kriege neutral und einer der
größten Zentren des Sklavenhandels. Die Briten besetzten
Saint Thomas 1801 und 1807 bis 1815, danach – auch als
Trollope diese Erzählung schrieb – gehörte sie zu Däne-
mark und wurde erst 1917 von den USA gekauft und seither
als Marinestützpunkt genutzt.

139   *Santa Marta und Cartagena* – Hafenstädte in Kolumbien.

142   *Callao* – Wichtigster Handelshafen in Peru, westlich von
Lima.

143   *Aspinwall* – 1850 als Station der Bahnstrecke über den Isthmus von Panama gegründet und nach einem der Gründer
Aspinwall, später Colón genannt.
Neugranada – Panama gehörte damals zu Neugranada, dem
heutigen Kolumbien.

Editorische Notiz

The Patagonia von Henry James erschien zunächst in zwei Teilen im *English Illustrated Magazine*, August und September 1888. Eine erste textidentische Buchfassung erschien 1889 als Teil einer zweibändigen Sammlung von Erzählungen. Die Übersetzung basiert auf der leicht überarbeiteten Version, die in Band XVIII der *New York Edition* der vom Autor persönlich zusammengestellten gesammelten Werke von 1909 aufgenommen wurde. In der *Continental Edition* der gesammelten Werke von 1891 fehlt diese Erzählung.

Anthony Trollopes Erzählung *The Journey to Panama* wurde eigens für die von Adelaide Procter herausgegebene Anthologie *The Victoria Regia* geschrieben, die in der von Emily Faithful gegründeten feministischen Victoria Press erschien. Die Übersetzung basiert auf dem Nachdruck in Trollopes Erzählband *Lotta Schmidt and Other Tales*, London 1873.

Weitere Quellen: F. O. Matthiessen und Kenneth B. Murdock (Hg.): *The Notebooks of Henry James*, New York 1947. Philip Horne: *Henry James. A Life in Letters*, New York 1999. Henry James: *Literary Reviews and Essays*, New York 1957.

Bildnachweis

akg-images S. 2
ullstein bild S. 114
Heritage-Ships S. 152

Inhalt

175

PATAGONIA

USA

1. *Southampton*
   –
2. *St. Thomas*
   –
3. *Santa Marta*
   –
4. *Cartagena*
   –
5. *Colón*

PANAMA